義妹にちょっかいは無用にて ③

馳月基矢

JN019647

目次

主な登場人物

大平将太（二二）

大平家の三男坊。六尺豊かな偉丈夫。手習所・勇源堂で師匠を務める傍ら、中之郷の旗本屋敷にも手習いを教えに行っている。「鬼子」であった過去を恐れ、極端なほど慎重に自分を律している。義妹の理世をことのほか大切にしている。

大平理世（一九）

将太の義妹。長崎の薬種問屋の娘で、江戸での縁談のため大平家の養女となったが、相手方の事情により破談。長崎にも戻れず、そのまま大平家の娘として暮らしている。舞を舞ったり月琴を弾いて唐話（中国語）の唄を歌ったりなど、芸事が得意。

大平家

邦斎（五三）……… 将太の父、医者。医療において貴賤なしという信念を持ち、誰に対しても厳格な態度を貫く。将太や仲間たちの自由闊達な学問塾の夢に真っ向から反対する。

君恵（五一）……… 将太の母。寡黙な邦斎の代わりに、きびきびとした物言いで口数が多い。旗本出身。健康的な体つきで年齢を感じさせない。

丞庵（三〇）……… 将太の長兄、医者。大平家の嫡男。もともと物静かな上、多忙を極めるため、妻とすれ違いが生じている。

初乃（二七）……… 丞庵の妻。旗本出身。おとなしく、体つきも儚げな印象。

卯之松（八）……… 丞庵の息子。友達がほしくて勇源堂の筆子になる。

臣次郎（二九）……… 将太の次兄、医者。独り身で神出鬼没。いつも将太をからかうようなそぶりを見せる。

カツ江（六一）……… 大平家で古くから働いている女中。他の奉公人に「鬼子」として疎まれる将太に対し、辛抱強く世話を焼き続けている。

長谷川桐兵衛（五三）……… 大平家の用人。顔かたちや体つきが四角く、態度も四角四面。理世はこっそり「真四角」と名づけている。

ナクト……… 理世が長崎から連れてきた黒い雄猫。名はオランダ語で「夜」を意味する。曲がった尻尾は生まれつき。屋敷では「クロ」と呼ばれている。

イラスト／Minoru

将太の学問仲間

吾平(二二) …… 将太が寄宿していた儒者の屋敷の下男。主が長崎へ行ってしまったのを機に、江戸に出てきて将太のそばで働く。

霖五郎(二四) …… 紀州の裕福な材木問屋の末息子。多様な学派を渡り歩いてきたため博識だが、各方面から敵視・嫉妬されている。

朱之進(二四) …… 江戸でたまたま仲間に加わった。算術に秀でている。旗本の子息であるらしく、姓は「橘」と名乗るが……。

元祖・兄妹チーム

白瀧勇実(二七) …… 前シリーズ「妹おり」の主人公。今は昌平坂学問所で史学の教導の任に就いている。

菊香(二三) …… 勇実の妻。おっとりしているように見えるが、剣術や体術は相当な腕前。

矢島龍治(二五) …… 剣術道場の跡取り息子で師範代。小柄だが身のこなしが巧みで、凄まじく強い。

千紘(二一) …… 龍治の妻で、勇実の妹。将太とともに手習所・勇源堂の師匠を務めている。しっかり者。

気になる人々

諸星杢之丞(二〇) …… 理世の許婚候補。兄に代わって諸星家の嫡男となった。奥手で誠実。

諸星才右衛門(二六) …… ずば抜けた美男子でどうしようもない女たらし。杢之丞の兄。

おれん(一七) …… 大店のお嬢さま。将太に惚れている。自傷癖があり、いつも死に装束のような白い着物をまとっている。

手習所・勇源堂と矢島道場

白太(一五) …… 絵の才を活かして意外な活動も。

桐(一三) …… 御家人の娘。女の子のリーダー。

久助(一三) …… 鳶の子。男の子のリーダー。

良彦(一三) …… 鋳掛屋の子。久助の相棒。

十蔵(一一) …… かわいい顔のしっかり者。

丹次郎(一二) …… 炭団売りの子。弟妹が多い。

淳平(一四) …… 御家人の子。算術が得意。

鞠千代(一一) …… 勇実の筆子。神童と呼ばれる。

寅吉(二一) …… 矢島道場の門下生で下っ引き。剣術の腕はからっきしだが、聞き込みは得意。筆子たちからは友達扱いされている。

浅原直之介(三五) …… 矢島家の隣の屋敷に住む、独り身の御家人。正体は華氏原三二という戯作者で、筆子たちに懐かれている。将太たちが目指す自由闊達な学問塾にも賛同の意を示す。

義妹《いもうと》にちょっかいは無用にて③

第一話　一年の計は

一

曙光《しょこう》が、ぱっと、連なる甍《いらか》の波を照らした。

大平将太《おおひらしょうた》は、まばゆさに目を細めた。

隣で、妹の理世《りよ》が白い息とともに華《はな》やいだ声を上げた。

「新しい年の始まりね。将太兄上さま、明けましておめでとうございます！」

将太は理世の愛らしい笑顔を見下ろし、笑みを返す。

「明けましておめでとう。今年もよろしくな、理世」

つい目を惹《ひ》きつけられてしまう。将太の見つめる先で理世は屈託《くったく》なく、いかにも楽しそうにくすくすと笑った。もう抑えきれないといった様子で、両腕を天に突き上げる。

「ほらね、将太兄上さま。初日の出に間に合ったでしょう。わたしは兄上さまが思うよりずっと、身が軽くてお転婆《てんば》なんだから！」

将太は慌てて理世のほうへ腕を差し伸べた。

「はしゃいでは危ないぞ！　屋根の上なんだ。うっかり転げ落ちてしまったらどうする？」

将太だけではない。大平家の下男の吾平《ごへい》も、少し離れたところに腰を落ち着けている浅原直之介《あさはらなおのすけ》と山崎屋《やまざきや》の霖五郎《りんごろう》も、思わずといった様子で身を乗り出した。

理世だけが平然としている。

「あら、梯子《はしご》をかけて屋根に上るくらい、何てことありません。高いところは大好きなの。長崎《ながさき》にいた頃は、お諏訪《すわ》さんの大楠《おおくす》にだって登ったことがあるんです。大楠の高い枝から下りられなくなった猫を、わたしが助けたんですよ」

じっと黙っていれば人形のように美しい妹はその実、めったにじっとしていない。薙刀《なぎなた》の稽古を欠かさず続けているようだし、遠出の折にも「くたびれた」などと口にすることはない。華奢《きゃしゃ》に見えるが、体が強いのだ。

将太は苦笑した。

「理世にはかなわんなあ。しかし、瓦《かわら》がずいぶん冷えている。ずっとここにいては寒いだろう。手足がすっかりかじかんでしまう前に、屋根から下りるぞ」

「はい。でも、こっそりお屋敷を抜け出してきてよかったわ。こんな素敵な場所で新年のお祝いを言ったことは、今までなかったもの」

「素敵な場所か？　屋根の上が？」

「ええ、もちろん！」

将太の隣で、理世は、晴れやかな顔で笑っている。

直之介の屋敷で、気の置けない仲間とともに新年を迎えよう、と決まったのは数日前のことだった。

ここで言う仲間とは、吾平と霖五郎だ。二人とも、将太が京で遊学していた頃に知遇を得た。いつか自由闊達《じゆうかったつ》に何でも学べる場をつくろう、という望みを語り合う仲間である。吾平は将太より一つ年上、霖五郎は三つ《つ》年上だ。

直之介は、年が明ければ三十五になるらしい。師に就いて学んだことはないというが、独学で得た知識は広く、考え方が実に軟らかい。将太たちが学問談義を交わす場として、己の屋敷を好きに使ってよいと言ってくれる。

将太が大平家の屋敷の外で年越しを迎えるのは、京に遊学していた頃を除けば、初めてのことだ。親戚や医家界隈《いかかいわい》の付き合いだのしがらみだのを気にせず、笑いながら軍鶏鍋《しゃもなべ》などをつついて過ごした。

いったん仮眠をとり、明け方近くに起き出した。常日頃とは違って、まだ暗い刻限でも、周囲の通りを人が行き来する気配があった。

「お城に年賀のあいさつに出向く武士の行列か、その行列の見物人か。それとも、風流を好む人たちが初日の出見物のために出掛けようというのか」

将太が言うと、江戸での年越しが初めての霖五郎が、今さらになって興味を示した。年が明ければ二十四になる霖五郎だが、子供のような好奇心の持ち主だ。

「初日の出見物だって？　わざわざ出掛けていくような名所があるのかい？」

目を輝かせて訊いてきた。

将太は答えた。

「湯島《ゆしま》や神田《かんだ》や芝《しば》の愛宕山《あたごやま》といった高台まで見に行く人もいるようだ。俺は、そういうところへは行ったことがないが」

「そうか。しかし、芝は遠いよなあ」

「今から出掛けていては、いちばん近い湯島でも間に合わんだろう」

「残念だなあ。せっかくだから、初日の出の名所とやらでご来光を眺めてみたいと思ったんだが」

直之介が天井のほうを指差した。

「まったくもって名所ではありませんが、少しでも高いところということで、うちの屋根に上ってみるのはどうです？　地べたに張りついているよりは、初日の出がよく見えるかもしれませんよ」

突拍子《とっぴょうし》もない案である。将太は面食らった。

しかし、霖五郎はおもしろがって手を打った。

「おお、そいつはいい！　よし、直先生、屋根に上ろう！」

「正気か、霖五郎さん」

「おう、正気だとも。どうした将太、怖じ気づいたのか？」

「そういうわけではないが……」

「おまえは相変わらずまじめだなあ。親父さんやお師匠さんに眉をひそめられるようなら、俺や直先生が一緒に叱られてやる。何もしないうちから、そう難しい顔をしなさんな」

「おや、私も一緒に叱られるのですか」

くすりと笑った直之介が吾平を連れて隣の矢島《やじま》家に赴き、梯子を借りてきた。

直之介、吾平、霖五郎はさっさと梯子を上っていった。取り残されれば、それはそれで不安になってしまう。将太も急いで屋根に上った。冷えた瓦の上に各々《おのおの》腰を落ち着けたところで、晴れ着姿の理世が姿を現した。

「ああっ、兄さまたち、そんなところに！」

目を丸くして声を上げたと思ったら、止める間もなく、理世は飛んできて梯子に手足をかけた。

「ど、どうするつもりだ、理世！」

「どうって、もちろんそちらに行くんです。兄さまはそこで待っていて。大丈夫。お天道さまよりも早く、理世が屋根に上ってみせますから！」

理世は、まるで猫のように身が軽かった。重たげにも見える振袖《ふりそで》などものともせず、慌てて手を差し伸べた将太の隣に、ひらりと舞い降りる。

将太は長々とため息をついた。

「びっくりさせないでくれ」

「あら、わたしだってびっくりしたわ。直先生のお屋敷で年越しだとはうかがっていたけれど、まさか屋根の上だなんて思いもしなかったんですもの」

あっけらかんと笑う理世につられて、将太もつい笑った。肩の力が抜ける。

理世がぐるりと男たちを見回したところで、空がひときわ明るくなった。

初日の出だ。

将太は、新たな一年の始まりを告げる日の光を浴びながら、理世から目を離せずにいた。

理世の髪が艶《つや》やかにきらめいている。髪の色がいくぶん薄いので、明るい日の光の下では、えも言われぬ輝きを帯びるのだ。

将太より二つ年下の理世は、年が明けて十九になった。はっとするほどに美しい娘だ。その心根の明るさのために内側から輝きを放っているかのようにさえ、将太の目には映る。

これほどにまばゆく感じられる人を、将太はほかに知らない。

心から尊敬している人や、切っても切れない縁で結ばれた人は、ありがたいことに幾人もいる。ただ、理世だけはまったくもって意味合いが違う。一目見たときからだ。

このどうしようもない感情を、衝動を、恋と呼ぶのだと、誰に教わるまでもなくわかってしまった。

決して表に出してはならない想いだ。理世は妹なのだから。血のつながりがないとはいえ、大平家の娘として、将太と同じ屋敷で暮らしているのだから。

古い年が終わって新たな年を迎えながら、隣に座っている理世の笑顔に、将太は相も変わらず心を奪われている。

年が改まったくらいでは、人の気持ちはあっさり変わったりなどしない。

だが、今年こそは己の中でけじめをつけねば、と思う。必ずや、想いの断ち方を見出さねばならない。

ふと、理世が将太のほうを向いた。将太と目が合って、理世は小首をかしげた。

「どうかしましたか？　ここにちょっと皺《しわ》がありますよ」

理世は自分の眉間《みけん》を指差した。じっと理世を見つめてしまう間、将太は真剣な顔をしていたらしい。眉間をつまんで揉《も》みほぐし、笑ってみせる。

「大したことではない。ちょっと考え事をしていただけだ。ところで理世、今日は屋敷のほうで何か用事があるのか？」

理世は唇を尖《とが》らせた。

「用事だらけです。もう少ししたらお屋敷に戻って、あとは一日じゅう外に出られません。日本橋《にほんばし》のお久仁伯母《くにおば》さまも亀戸《かめいど》の大叔父《おおおじ》さまたちもごあいさつにいらっしゃるし、諸星《もろぼし》さまからも新年のお祝いの贈り物が届くそうですし」

諸星さまと聞いて、将太はどきりとした。

「理世はすっかり先方に気に入られたみたいだな」

「どうかしら。たった一度、ちょっとお話ししただけですよ。あとは手紙と贈り物のやり取りだけ。お話を進めるかどうか以前に、杢之丞《もくのじょう》さまがどんな人なのかさえ、まだよくわからないんですもの。悪い噂はないようだと、お久仁伯母さまはおっしゃっていたけれど」

諸星家から大平家へ、縁談が申し込まれている。理世と諸星家次男の杢之丞との縁組の打診である。

杢之丞は次男ではあるが、あれこれと人騒がせな長男に代わって家を継ぐべく、嫡男として正式に認められたところだ。武術の鍛練を欠かさない、まじめで丁寧な人物だという評判は、将太や理世のもとにも届いている。

大平家は医家であるとはいえ、ご公儀のお役に就いておらず、家格としては低い御家人《ごけにん》に過ぎない。一方、諸星家は四百五十石取りの旗本である。そういう点から見れば、諸星家は申し分のない嫁ぎ先と言えるだろう。

しかし、この縁談は、大平家が待ったをかけた形になっている。諸星家は一度、大平家との縁談を反故《ほご》にしたことがあるのだ。

以前の縁談の相手は人騒がせな長男のほうだった。その件のために杢之丞は恐縮しきっているが、諸星家の当主夫妻はすっかり乗り気でぐいぐいと押してくる。いずれにしても親子で足並みが揃っていない。ゆえに、大平家の当主である邦斎《ほうさい》とその妻君恵《きみえ》は、理世のために慎重になっている。

不満顔の理世を、将太はなだめた。

「諸星さまは、また贈り物をしてくださるんだな。それは、楽しみじゃないか。ええと、ほら、前に、杢之丞さんが選んでくれたものはいつも気が利いていると、理世も言っていただろう？」

どうしてもぎこちなくなってしまう。こんなふうではいけないというのに。

杢之丞からの最初の贈り物は、ビードロの深鉢だった。うっすらと透けているのが美しい。しかし、人が眺めて楽しむためのものではなかった。

深鉢は、理世が大切にしている黒猫ナクトのための贈り物だったのだ。

猫は、体がぴったり収まる大きさのものに入るのを好むらしい。実際、ナクトは深鉢を気に入っている。そんな贈り物をしてくれた杢之丞に、理世は掛け値なしの感謝の手紙を書いたそうだ。

理世に喜んでもらえれば、李之丞も嬉しいだろう。とても真似できない贈り物だと、将太は思う。深鉢のナクトを見つめる理世は笑顔だった。あんなふうに理世を喜ばせてくれたことに、将太も感謝の念を覚えている。

ナクトのための深鉢の後には、香りのよい墨、手ざわりのよい懐紙《かいし》、刀や小物の手入れに使う丁子油《ちょうじあぶら》などが手紙とともに届けられた。いずれも、使い切ってしまえば手元に残らない。

「もちろんわたしも嬉しいんです。便利なものをいただいて、助かっていますし。でも、贈り物をいただいてばかりだから、どうしたらいいのかわからなくて。李之丞さまは気遣わなくてよいというお手紙をくださるけれど」

縁談に慎重な理世の意を汲《く》んでのことか、李之丞が直々に大平家を訪れたのは、顔合わせをしたときのみだ。以来、理世と李之丞は四か月ほど会っていない。

会って話していないことがまた、理世を悩ませている。お礼の手紙を書くにせよ、お返しの贈り物をするにせよ、いっそ友達のように親しくなってしまえば、今ほどには悩まずに済むはずなのだ。

将太は、理世と交互につけている日記を通じて、その悩みを知らされた。

「それはそうと、兄上さま、今日は何かご用？　わたしも一緒に顔を出すべきごあいさつ先があったかしら？」

理世が将太の胸中を察したように訊いてきた。

実のところ、理世がついてきてくれれば心強いと思っていた件がある。だが、すでに用事が詰まっている理世に、助けてくれなどと無理は言えない。

「いや、いいんだ。杢之丞さんのほうが、理世にとっても大平家にとっても大事なはずだな。こっちのことは気にしなくていい」

「大事というか、でも、そんなことは……いえ、兄上さまだって何か困り事があるのでしょう？　そういう顔をしているわ」

「うん、まあ……」

お互い、どうにも歯切れが悪い。

兄妹の間に、気まずい沈黙が落ちる。

浅原家の門の表から、屋根の上の将太たちに声が掛けられて、その沈黙は吹き飛ばされた。

二

「おやおや、そんなところで初日の出見物ですか？　風変わりではありますが、なかなか風流でもありますね。楽しそうだ」

久しぶりに聞いた声、目にした顔だった。

きっちりとした羽織袴《はおりはかま》姿の、見目のよい侍である。年の頃は三十過ぎ。目元に烏《からす》の足跡のような笑い皺ができるのが、装いの堅苦しささえも溶かしてしまうかのように、何とも甘い。

男の名は、尾花琢馬《おばなたくま》という。支配勘定《しはいかんじょう》のお役に就く旗本で、将太の恩師である白瀧勇実《しらたきいさみ》の友人だ。

勇実が営み、将太が手伝いをしていた手習所に、琢馬はたびたび顔を出していた。それで、勇実のおまけのような立場ではあるが、将太もたまに琢馬と話していたのだ。

久方ぶりにその美声を聞き、甘い笑顔を目にした途端、琢馬がいつも着物に焚《た》き染《し》めている麝香《じゃこう》の匂いがふわりと思い起こされた。

将太は手を挙げた。

「お久しぶりです、琢馬さん！　勇実先生を訪ねてこられたんですか？」

「ええ、こちらで年越しだとうかがったものでね。ですが、矢島どのの屋敷におとないを入れる前に、屋根の上の風流人士たちの姿が目に入ったものですから。楽しそうですね」

屋根の上の面々は、将太と琢馬を見比べている。

将太は皆に紹介した。

「あの人は尾花琢馬さんといって、前にこの屋敷に住んでいた白瀧勇実先生の友達です。もともと琢馬さんは、自分と同じ勘定方の役人として勇実先生を引き抜きたかったらしいんですが、結局、友達付き合いに落ち着いたみたいで」

その勇実は妻の菊香《きくか》とともに、昨日から隣の矢島家に滞在している。すでに両親を亡くしている勇実にとって、矢島家当主の与一郎《よいちろう》とその妻珠代《たまよ》が親代わりだ。三が日はこちらで過ごすと言っていた。

直之介は、なるほどとあいづちを打った。

「勇源堂《ゆうげんどう》の筆子たちからも、尾花琢馬さんの噂を聞いていますよ。とてもお洒落《しゃれ》で、役者のような色男だとね。道楽で歌を詠《よ》まれるのだとか」

「そうなんですよ。琢馬さんはいつも矢立《やたて》を持ち歩いていて、ふと思いつくことがあると、ぱっと取り出して懐紙なんかに書きつけたりするんですけど、その矢立も洒落ていて、格好がいいなあと思ってました」

琢馬が洒落ているのはわかるが、たとえば着物のどこがどんなふうにという細かなところは、残念ながら将太にはよくわからない。着物に香を焚き染めているというのも、筆子に教わって初めて、そういえばいい匂いがすると気づいた程度だ。

ただ、琢馬が形のよい手で細い筆を執《と》り、さらさらと書き物をするさまには、つい目を惹かれていた。同じ男なのに、自分の巨大で武骨な手がちまちまと字を綴《つづ》るのとは、まるで風情《ふぜい》が違っていたのだ。

手も筆も字もさすが琢馬さんは何もかも格好がいいですね、などと稚拙な言葉で率直に告げたことがある。おかしなやつだと呆れられるかと思いきや、琢馬ははにかんだ。筆にはこだわっていましてね、と照れ隠しのように饒舌《じょうぜつ》に語ってくれたものだ。

直之介が「どうぞ」と手振りで示したので、琢馬は門をくぐって庭へ入ってきた。

「やあ、この屋敷を訪れるのも幾月ぶりになるでしょうか。浅原どのにはお初にお目にかかりますね。どうぞよろしくお願いします」

「ええ、こちらこそ、尾花どの。すでにご存じのようですが、浅原直之介と申します」

「あ、これは失礼。浅原どののことは、勇源堂の筆子の白太《しろた》さんからうかがったのですよ」

「版木屋《はんぎや》の子で、絵のうまい白太さんですか」

「そうです。あの子とは格別に親しくしておりまして。浅原どのはお一人でお住まいだそうですが、すっきりと片づいていますね。私はどうも散らかしがちで、甥《おい》っ子に叱られたりなどするのですが」

理世と吾平がじっとりした目で直之介を見た。屋敷がすっきりしているのは、二月ほど前から理世や吾平、矢島家に出入りしている下っ引きの寅吉《とらきち》がせっせと掃除をしてやっているからだ。

直之介は悪びれるでもなく、飄々《ひょうひょう》と笑った。

「いえ、実は私も、片づけはてんで駄目です。ほんの四月《よつき》ほどの間に見る影もなく散らかし、荒らしてしまいましてね。このまま放し飼いにはしておけぬというので、たびたび毛並みを整えに来てくれる人たちがいるのですよ」

まるで自分が野良犬であるかのようなことを言う。ある種、己を下げた言い回しではあるものの、直之介の口ぶりは卑屈なところが少しもなく、からりとしている。

「なるほど、道理で、野良の武士が一匹で棲《す》みついているにしては、たいそう過ごしやすそうなねぐらだと思いました」

琢馬も直之介の語り口に合わせて「ねぐら」などと言い、声を立てて笑った。

ほう、と吾平が嘆息した。

「華のあるお人や。お役人にも、こないなお人がいはるんですなあ」

理世もこくりとうなずいた。

「本当ね。華があって色気があるだけではなくて、品がよくて凛《りん》としていらっしゃる。持てるでしょうね」

「ほんまですわ。おなごにも殿方にも持てはるでっしゃろな」

琢馬が足を止めた。

と、そこで将太は唐突に、琢馬が一人でないことに気がついた。

「あれ？　いつの間に……」

小柄な男が琢馬の傍らに控えている。何の前触れもなくいきなり現れたかのようだった。

いや、人が忽然《こつぜん》と現れるなど、そんな道理はない。

男は初めから琢馬とともにいたに違いない。が、影が足下に伸びていてもいちいち気にしないのと同じように、将太は男の気配を感じ取っていなかった。

将太と男の目が合った。

「おお、将太先生よ、久しぶりだねえ。相変わらず、でっかいなあ。男前に磨きがかかったんじゃないかい？」

男は琢馬の付き人らしき出《い》で立《た》ちをしているが、軽妙な語り口は町人のそれだ。旗本の中間《ちゅうげん》とは思われない。

久しぶり、と言われた。

確かに会ったことがある。男の浅黒く整った顔を見た途端、激情が思い出されたのだ。憤怒と困惑とに気持ちが掻き乱され、震えて涙を流しながら怒鳴ったことが、間違いなくあった。

男は、にっと笑った。

「手前もそっちに交ぜてくれよ」

ひょいと梯子に足をかけた。と思うと、気づけばすでに梯子を駆け上がった後だった。重さなどまったくないかのような身のこなしだ。

男は将太の隣、理世とは逆のほうに、するりと身を寄せた。内緒話を持ちかけるような近さである。

「手前のこと、思い出さねえかい？」

とっさに将太は理世を背に庇《かば》い、腕を横に広げた。

その途端、ぱちんと弾けるような明快さで記憶がつながった。

「箱根《はこね》でみやげ物売りをしていた次郎吉《じろきち》さんか！」

ひょんな縁で箱根に滞在したことがある。将太が幼い頃から面倒を見てもらっている矢島家の道場の面々とともに、箱根にある道場を訪ね、武者修業をした。

次郎吉とはそこで知り合った。

あのときの箱根では、奇縁悪縁がいくつも絡《から》まり合っていた。罪を犯して在所から逃れてきた悪人どもが、引き寄せ合うかのように集まり、ことを起こそうとしていたのだ。

何を隠そう、次郎吉もまた、十二分に胡散《うさん》くさい男だった。とある悪人が仕掛けたのぞき眼鏡を使って将太に女湯のぞきの罪を犯させたのが、この次郎吉だったのである。

激情の記憶は、のぞき眼鏡の一件だ。

自分が一体何を目にしているのか、とっさにはわからなかった。理解した途端、猛烈に恥ずかしくなり、自分のような男に肌を見られた相手にただただ申し訳なくて、そのまま湯の底に沈んだきりになってしまいたかった。

次郎吉はそんな将太の様子を笑っていた、らしい。その場に居合わせながらもそれなりに冷静だった矢島龍治《りゅうじ》から聞いた。

とにかく、あんなのぞき眼鏡を楽しむような男を理世に近づけては駄目だ。

「なぜ次郎吉さんがここにいる？」

将太は次郎吉を睨《にら》んだ。六尺豊かな将太と小柄な次郎吉では、座っていてさえ背丈の落差がずいぶんある。

しかし、次郎吉は将太に睨み下ろされても平然としている。

「なぜと言われてもなあ。ちなみに、箱根を離れたのはずいぶん前だ。おまえさんたちが江戸に戻るよりも早く、手前はこっちに着いてたんだぜ」

「どうして琢馬さんと一緒にいるんだ？」

次郎吉は笑みを深くすると、声をひそめた。

「一つには、商売上の付き合いってやつさ。尾花の旦那は鼻がよくて頭が切れる。そして悪運が強くて、厄介事《やっかいごと》を引き寄せるのがやたらとうまい。だから、そばにいるわけだ」

「どういう意味だ？」

「そのまんまだよ、坊や。おまえさんが慕っている勇実先生も妙な厄介事を引き寄せるところがあったが、命を落としかけたときに厄落とししちまったようで、その後はいたって穏やかなもんだ。だから、尾花の旦那に乗り替えた」

将太は眉をひそめた。

確かに、将太の恩師である勇実は、一介の手習いの師匠に過ぎないわりに、厄介事に巻き込まれることが妙に多かった。

矢島道場の一員として正式に捕物《とりもの》に力を貸すときだけではない。一度捕らえた悪人に恨まれて狙われたり、筆子がかどわかしに遭ったのを取り戻すべく奮闘したり、嵐の晩に船宿で起こった女将《おかみ》襲撃の謎を解いたり。

最たるものは、ちょうど一年前、文政《ぶんせい》七年（一八二四）の正月一日のことだ。勘定奉行《かんじようぶぎよう》の暗殺を目論《もくろ》む凶賊と対峙《たいじ》し、手ひどい傷を負わされた。その後、幾日も高熱で寝ついてしまい、目を覚まさなかった。

黙ってしまった将太の大きな体越しに、理世がひょこりと顔をのぞかせ、次郎吉に言った。

「将太兄上さまのお知り合いなんですね。次郎吉さんとおっしゃるんですか？　本当に身が軽くてびっくりしました。噂に聞く鼠小僧《ねずみこぞう》みたいです」

「り、理世、ちょっと待て」

「あっ、鼠小僧は盗人《ぬすっと》ですけれど、悪い意味で言ったんじゃないですよ。ほら、鼠小僧って、とても身が軽くて神出鬼没で、悪いお金持ちの屋敷に忍び込んでは悪事の証拠をつかんでくるというでしょう？　盗むという手立てを使って義を成すだなんて、不思議な人ですよね」

理世は将太が押し留めようとするのも気にしない様子だ。将太の腕を手すり代わりにして、次郎吉のほうへ身を乗り出している。

鼠小僧と言われた次郎吉は、ぱちぱちと目をしばたたいた。鳩が豆鉄砲を食ったような顔である。つかみどころのない男がそんな顔もするとは、将太には意外だった。

やがて、次郎吉は笑いだした。

「鼠小僧みたい、ときたか！　そいつをじかに言われたのは初めてだなあ。いやぁ、愉快だ！」

新しもの好きの霖五郎が、吾平と直之介の向こう側から声を上げた。

「鼠小僧について書かれた瓦版《かわらばん》なら、俺も興味を持ったんで、いろいろ集めて読んでみたぞ。まるで草双紙《くさぞうし》みたいな大活躍だ。おかげで近頃じゃあ、そのへんのこそ泥まで鼠小僧を名乗る始末らしいが」

次郎吉は音もなく立ち上がった。

「ああ、旦那の言うとおりだ。同じ晩、同じ刻限の別々の屋敷で、鼠小僧を名乗る盗人が稼業に精を出し、その翌日には江戸じゅうの瓦版をにぎわせている。と来りゃあ、さて、どちらが真の鼠小僧で、どちらが偽の鼠小僧だ？　そいつは誰にもわかりゃしない」

朝露のきらきらする瓦屋根を、次郎吉は悠々《ゆうゆう》と歩いていく。

まるで千両役者が舞台の上を歩くようだ、と将太は感じた。しかし、それも奇妙な話だ。この屋敷の門をくぐったとき、次郎吉は影のごとく、まるで気配がなかったというのに。

次郎吉は、屋根のいちばん高くなったところで足を止め、振り向いた。

「同じ通り名を持つ名物男が江戸に二人も三人もいたんじゃあ、面倒くせえよなあ。それに、近頃の鼠小僧の評判は、本物と偽物がごちゃ混ぜになっちまって、どうもぱっとしねえ」

直之介が合いの手を入れた。

「一人の本物が盗みの技によって悪を裁いているとしても、二人三人と続く偽物が私利私欲のための盗みを働いているようでは、本物の凄《すご》みも減殺《げんさい》されてしまうというわけですな」

「そう。今のところ、まだ鼠小僧の評判は落ちきっちゃいない。江戸っ子たちは、鼠小僧が出たとなればおもしろがって手を叩き、奉行所の探索もはぐらかしている。しかし、長続きはしねえな」

「これはまた不穏な。鼠小僧の終焉《しゅうえん》も近いというのですか」

次郎吉は両腕を広げた。

「ああ、そろそろ潮時なんでな。鼠小僧のおもしろおかしい噂も、まもなく終わるさ。こいつは間違いのない予言だ。鼠小僧は、近いうちにとっつかまるんだ」

両の手のひらを、ぱちんと打ち合わせる。羽虫か蚊を叩いて捕らえる仕草だ。

理世の手が将太の肩をぎゅっとつかんだ。

「あなたはなぜそんな予言ができるんです？」

次郎吉はゆっくりと、将太と理世のほうへ顔を向けた。

「そりゃあ、できるさ。たやすいことだ。なぜなら……」

次郎吉の声は聞こえなかった。だが、将太はその唇を読むことができた。わざと読ませたのだろう。はっきりと、次郎吉は声のないままに、将太に告げた。

――この次郎吉が、鼠小僧だからだ。

将太にはわけがわからなかった。

鼠小僧はとっつかまる。なぜなら、次郎吉が鼠小僧だから。

神出鬼没の義賊が正体を明かした？　何のために？

いや、その言葉が真実であるという証《あかし》はない。

それにその言葉が真実だとすると、次郎吉がみずから捕り方の手に落ちる、みずから破滅するということになる。

だが、目の前で笑っている次郎吉からは、ふてぶてしい気迫が吹きつけてくる。悄然《しょうぜん》として奉行所に自白しに行くようには見えない。

次郎吉は屋根の棟《むね》でつま先立って、矢島家のほうを見やり、大きく手を振った。

「おお、待ち人が現れたぞ。おぉい、勇実先生！　ははっ、久しぶりだなあ！」

矢島家の母屋《おもや》から出てきた勇実がきょろきょろとあたりを見回して、ようやく屋根の上の将太たちを見つけた。いちばん高いところでぴょんと弾んでみせる次郎吉に、目を丸くする。

「ええと、将太たちと次郎吉さん？　これはどういう取り合わせだ？　いや、なぜ皆で屋根の上にいる？」

勇実の傍らで、妻の菊香も目をぱちぱちさせている。

将太の肩のところで、理世がくすりと笑った。いたずらっぽい顔をしている。笑みが将太にもうつった。

「やはり、突拍子もないことなんだな」

「ええ。屋根の上で初日の出を迎えるだなんて」

くすくすと笑い合う。

屋根のてっぺんの次郎吉は、軽業師《かるわざし》のようだ。

「手前だけじゃあねえや。尾花の旦那も新年のあいさつに来てやすぜ！　おっと、いけねえ。中間役の手前がお供しなけりゃ、旦那の格好がつかねえな」

次郎吉は額をぺちっと叩くと、凄まじい素早さで屋根を下りていく。転がり落ちたのではないかと心配するほどの勢いだったが、むろんどこにも怪我などないようだ。

琢馬が次郎吉を伴って、垣根の破れたところを通って矢島家のほうへ行った。友の姿が目に入るや、勇実は、ぱっと顔を輝かせて駆け寄っていく。再会を喜び、新年を祝う言葉が交わされる。

「勇実先生、嬉しそうだ。よかったなあ」

将太の言葉に、理世はうなずいた。

「ええ。琢馬さまも、勇実先生の前だと、砕けたお顔をしていらっしゃいますね。でも、兄上さま。次郎吉さんって、何者なんですか？」

「俺にもよくわからない」

「さっき、おかしなことを言っていましたよね。鼠小僧はつかまる。なぜなら、次郎吉さんが鼠小僧だから、と。声に出してはいませんでしたけれど、そう言ったように見えたんです」

「俺もそう見えた。まるで謎かけだな」

将太と理世の声が聞こえたわけではあるまいが、急に次郎吉がこちらを振り向いた。にっと笑って、さっきやったのと同じように、ぱちんと両手を打ち合わせる。

——鼠小僧は捕らわれるのさ。こんなふうにな。

打ち合わせた両手の内の、ありもしない中身を、ぎゅっとひねって潰《つぶ》す。そんな仕草をしてみせると、次郎吉はひらひらと手を振って笑い、勇実のほうに向き直った。

三

湯島に屋敷を拝領している勇実を、年越しから正月二が日の間、本所《ほんじょ》の矢島家に呼び寄せて過ごさせたい。

初めにそう言いだしたのは、矢島家の嫁の千紘《ちひろ》だった。

日頃は元気でしっかり者の千紘なのに、年越しやお年始の話が出ると、途端に黙り込んで青ざめたりなどしていた。わけを尋ねるまでもなかった。

去年の正月一日、湯島の高台にある料理茶屋でのことだ。初日の出が顔をのぞかせて間もなく、兄の勇実が大怪我をする出来事が起こった。千紘は、勇実が凶賊の刃に倒れるところを間近に目撃していた。

「あれはもう片づいたことよ。二度と起こるものでもないでしょう。でも、どうしても思い出してしまって怖いの。兄上さまと菊香さんをこちらに招いて、一緒に新年を迎えるのはどうかしら?」

口火を切ったのは千紘だが、その夫である龍治も義父母の与一郎と珠代も、一も二もなく賛成した。知らせを受けた菊香もだ。勇実だけは「大げさだなあ」と笑っていたという。

大げさだろうが何だろうが、勇実を取り巻く人々は皆、思いつく限りの手を打って安心したいのだった。

久しぶりに本所で過ごしている勇実のもとへ、新年のあいさつを口実に遊びに来る者がひっきりなしだった。勇実に教えを受けていた筆子であるとか、道場の同門として過ごした仲間であるとか、顔ぶれはいろいろだ。

「いやあ、慌ただしい正月だ。今年は夫婦水入らずでのんびりと寝正月を決め込むつもりだったんだが」

勇実は愚痴とも惚気《のろけ》ともつかないことを言ってのけた。

奥手だと思われていた勇実が、菊香を妻に迎えた途端、でれでれになってしまった。そういう噂は筆子や剣術仲間にも広まっていたが、実際に目にすると、衝撃が違うらしい。

菊香が来客の世話のために立ち回ろうとするのを、勇実は頻繁に呼び止める。ふんわりと肩を抱いたり、こっそり袖をつかんで離さなかったり、立ち上がろうとしたところで手をそっと握って引き留めたりなどするのだ。

人前であるにもかかわらず、とにかく勇実は菊香をそばに置きたがる。筆子に騒がれても、剣術仲間に冷やかされても、けろりとしている。

将太はそんな様子を遠目に見て、つい苦笑した。

「相変わらず、勇実先生は何というか……お熱いな」

千紘はばっさりと切り捨てた。

「兄上さまったら、困ったものよね。あんな様子では、妻を大切にする夫というより、母に甘える幼子《おさなご》だわ」

「甘える幼子？」

「そうよ。兄上さまは、十の頃に亡くした母上さまの影を追い続けているところがあるみたいなの。きっと菊香さんの中にその影を見ているのだわ。兄上さま自身は気づいていないかもしれないけれど、あれは甘えよ」

「なるほど。目のやり場に困ると思っていたが、幼子のような甘え方と言われてみれば、確かにそうかもしれない」

手習所に通い始めたばかりの七つや八つの子供の中には、まだまだ甘えたがりの者もいる。迎えに来た母親にまとわりついて離れず、しまいには「赤ん坊じゃあるまいし」と母に呆れられるのだ。

「べたべたとくっついていないと落ち着かないというなら、本当に子供ね。菊香さんがあれでいいなら問題ないけれど、どうなのかしら？　わたしだったら自信をなくすか苛立つか、夫の真意を確かめたくなるわね」

千紘は手厳しいことを言うものの、勇実と菊香に直接水を差すつもりはないようだ。やれやれと頭を振ったりしながら見守っている。

今年の正月一日の朝は、穏やかに過ぎていく。

将太は勇実とともに筆子たちの来訪を受けていたが、いつまでもこうしているわけにはいかない。約束があるのだ。理世を誘おうと思っていた件である。

先方には「あまり早いうちには行けないだろう」と断っておいたが、遅くなりすぎるのも気が引ける。

ぐずぐずしてしまいそうな自分に鞭《むち》を打つつもりで、立ち上がって宣言した。

「勇実先生、俺、出掛けてきます。なるたけ早く戻ってくるので、また後で話しましょう」

すでに酒を飲まされて赤い顔をした勇実は、普段より芯の通らない声で将太に応じた。この様子では、もうじき眠ってしまうだろう。

「将太は屋敷にいなくていいのか？　大平家は親戚の集まりで慌ただしいと、理世さんから聞いたぞ」

「いえ、それは……俺はいいんです」

親戚の集まりなど、将太にとっては針《はり》の筵《むしろ》だ。昔話に花が咲く。そのたびに繰り返されるのは、兄たちの神童ぶりを伝える話と、幼い時分の将太がいかに手のつけられない暴れ者だったかという話だ。

将太が周囲の者たちの手を焼かせていたのは本当のことだ。女中のカツ江《え》の額には、かつて将太が棒で打ってつけた傷が今でも残っている。腕にも、将太の爪による傷痕がいくつもあるはずだ。

カツ江の傷痕だけではない。くぼんだり傷ついたりした柱や壁、端が欠けた石《いし》灯籠《どうろう》、金継《きんつ》ぎされた上等な茶碗。幼い頃の将太が力任せに暴れた痕跡が、屋敷のあちこちにある。

あの屋敷の中では、どうにもいたたまれない。

矢島家の庭や道場で剣術の稽古をつけてもらい、離れで手習いを教わるようになってから、将太は暴れてしまう己を封じられるようになった。そうすると、今度は家族や奉公人の前でどう振る舞えばよいのか、わからなくなった。

時が経てば変われるさ、と勇実に励まされたことがある。が、いまだに将太は変われない。どうしようもないのだ。

岩のように黙り込んでしまう将太を、もはや家族は、親戚の集まる席にあえて呼ぼうとはしない。

幸いなことに、今は理世がいる。遠い長崎から養女として大平家にやって来た理世は、今やすっかり家族と打ち解けている。

愛らしい理世がいれば、両親も兄たちも親戚も楽しいだろう。将太がいるよりずっといい。

吾平は、理世が帰るのに付き従って屋敷に戻っていった。理世がちょっとした隙に一人で屋敷を出てきたと聞き、渋い顔をしていた。

「晴れ着姿の武家のお嬢さまが、お供もなく出歩くもんやあらしまへんえ。ほんの近所や言うても、何が起こるかわからんのですから」

将太も吾平に「くれぐれもよろしく」と頼んで、理世を見送った。

霖五郎はすっかり矢島家の正月の宴に溶け込んでいる。誰とでもすぐに親しくなれるのだ。初めて顔を合わせた門下生たちと酒を酌《く》み交《か》わしては、生まれ故郷の紀州《きしゅう》の話や将太と出会った京の話、江戸に出てくる前に回ってきた東海道《とうかいどう》の名所の話などを語っては、場を沸かせている。

直之介はちらりと顔を出したものの、自分の屋敷にすぐ引っ込んだ。気ままなものである。筆子たちがあちらとこちらを行き来して、わあわあと騒いでいる。

酒を飲んでほんのりと目元を染めた琢馬が言った。

「さあ、将太さん。そろそろまいりましょうか」

将太は日本橋の大伝馬町《おおでんまちょう》にある呉服商、芦名屋《あしなや》に用がある。琢馬と次郎吉は同じく日本橋の田所町《たどころちょう》まで行くというので、同道することになった。

「田所町というと、白太のところに？」

筆子の名を挙げて尋ねれば、正解だった。

琢馬はうなずいた。

「ぎん……いえ、白太さんも今年で十五。今月には半元服《はんげんぷく》として前髪の角《すみ》を落とし、名も改めるというので、いち早くお祝いをしようと思いまして」

すらすらとした語り口の琢馬にしては珍しく、何かを言いかけておいて引っ込めた。「ぎん」というのは、銀か、吟か。

将太は気になったが、あえて尋ねなかった。きっと答えてはもらえない。琢馬はどことなく秘密めいている。これ以上は秘密ですよ、と口の前に人差し指を立てる仕草を、これまでに幾度も目にしてきた。

元服の儀は一月十五日におこなうのが多く、年明けのその日にお祝いをするというのはいささか気が早い。とはいえ、琢馬は勤めのある身だ。役所の仕事に縛られ、日中はなかなか自由が利かないらしい。

将太も白太の半元服については聞いていた。

「今年も手習いを続けてくれるそうですが、一方で絵の修業や仕事にも腰を入れ始めるようです。仕事が立て込んでくるときには、昼までで手習いを切り上げてお祖父《じい》さんの仕事の手伝いをする、という約束になりました」

「いよいよですね。時の流れは早いものだ」

話しながら歩くうち、白太の顔を見たくなった。将太は自分の用事を先送りして、琢馬と次郎吉とともに、田所町のほうへ向かった。

元日の日本橋は、軒を連ねる店がすべて閉まっている。威勢よく声を上げる振り売りなども いない。

その代わりにと言おうか、二人一組で祝いの舞を歌い踊る万歳《まんざい》、太鼓と笛の音とともに曲芸を披露する太神楽《だいかぐら》、木製の馬頭《ばとう》を使って踊る春駒《はるこま》、編笠姿で祝いの唄を歌う鳥追《とりおい》といった、門付《かどづけ》の芸人たちが闊歩《かっぽ》している。

初日の出見物の帰りとおぼしき、どこか眠たげな若者たちが歩いていく。

商家は大晦日《おおみそか》まで忙しく働いている。そのぶん、正月はのんびりと休んで過ごすそうだ。

せっかくの休みであるからこそ、付き合いのある相手を招いてこぢんまりとした宴を催す商家も、むろんある。

しかしながら、白太の実家である版木屋の曼葉堂《まんようどう》は、仕事納めにしくじったらしい。絵師の中には気まぐれな者も凝り性《こしょう》な者も多いので、盆も暮れも正月も振り回されてしまうのだ、という話を白太の母から聞かされたことがある。このたびもまた年明け早々、番頭とともに若い手代たちが働いているのが、半分開けた雨戸の隙間から見えている。

白太は、奉公人たちとしゃべりながら、琢馬と次郎吉の訪れを待っていた。

引き締まった墨色のよそ行きを着た白太は、手習いに来るときとは違って見えた。いつの間にこんなに大人びたのだろうか、と驚いてしまう。

白太は、将太や琢馬たちに気づくと、店の表まで出てきた。まずはぺこりと頭を下げて、あいさつの口上を述べる。

「明けましておめでとうございます。旧年中は大変お世話になりました。今年もどうぞよろしくお願い申し上げます」

顔を上げた白太は、にっと笑った。

白太は特別な絵の才を持っている。一度目にした景色を忘れず、紙の上に見事に再現してのけるのだ。

九つや十の頃までは、言葉がどこか拙《つたな》く、学びの進みも遅れていた。ところが、白太の好きな虫や花にまつわる詩句などを手本に読み書きをし始めてから、急速に伸びるようになった。

そろばんはあまり得意ではない。唄を覚える要領で九九は暗記できたが、それをそろばん勘定に活かすのは苦手なままだ。

しかし、おそらくそれでも白太は困らない。並みの者には、むかでをぱっと見ただけで脚の数をかぞえることなど到底できないが、白太はそれを一瞬で覚え、紙の上に正確に描くことができる。

たとえば、お店者《たなもの》として暮らしを立てるのであれば、難しさを感じるだろう。

白太はどうしても、人並みという枠の中に収まりきれないところが多い。

けれども幸いなことに、白太の家は版木屋で、絵師として活躍する祖父がいる。その祖父が本腰を入れて画技の伝授をしてくれるというのも、すでに決まっている。絵師として生きる道があるのだ。

また、琢馬が白太の才を殊《こと》のほか買っており、白太のために喜んで金を出すと言っている。

あと一年だろうか。将太が白太の学びの手伝いをする立場でいられるのは、もうわずかだ。

つい寂しさを覚えてしまいつつ、将太は笑顔で白太のあいさつに応じた。

「明けましておめでとう、白太。今年もよろしく頼む」

琢馬もまた、白太に親しげなあいさつをした。

「仕立てのいい着物だね。そういう格好をしていると、なかなかの男前だ」

以前の琢馬は、同い年の男の子と比べてもいくらか小柄な白太の目の高さに合わせ、しゃがんで話をするようなところがあった。使う言葉も、幼子に向けたようなものだった。あるいは、ぱたぱたと尻尾《しっぽ》を振る子犬に話しかけてやるような感じだった、とも言えるかもしれない。

それが今や、大人の男同士のような口ぶりで話している。

白太のほうも、琢馬や次郎吉に対するときの態度は、将太の前とは何となく違う。筆子仲間といるときとも違うようだ。筆子は一日の大半を手習所で過ごすが、そこで見せる姿がすべてというわけではない。将太の知らない顔を、白太も持っているらしい。

「元日から琢馬さんと会えて嬉しい。今日はゆっくりしていけるんでしょう？」

「ああ、久しぶりにね。役所の用事など、すべて父と甥に押しつけてきた。おまえさんに、十五になったお祝いをあげたかったんだ。これをどうぞ。後でじっくり開けてくれ」

琢馬が差し出した細長い包みは、おそらく筆か何かだ。

白太は丸い目をきらきらさせている。

「仕上がったんだ！　わあ、ありがとう！」

次郎吉が将太に言った。

「特別あつらえの矢立なんだとさ。半年ほど前から念入りに支度を進めていた。二人とも凝るんだからなあ」

「凝るというのは？」

「新鋭の絵師どのがお気に召すよう、筆の柄《え》の太さと長さと色、毛の種類と硬さ、全体の重さ、矢立の形、といった具合で、こだわれるところをこだわり抜いてあつらえたんだ」

　白太は包みを胸に抱いて付け加えた。

「名前も入れてもらったんだよ。金じゃなく、銀で象嵌《ぞうかん》してもらったんだ」

　琢馬が促すように言った。

「お祖父さんから挙げてもらった中からおまえさんが選んだ号も、銀だからね。将太先生に教えてあげたらどうだ？」

「絵師としての号を、もう決めてあったのか？」

　将太が尋ねると、白太はうなずいて、少し照れた顔をしつつも背筋を伸ばし、はっきりと名乗った。

「銀鐘児《ぎんしょうじ》。銀の鐘《かね》の児《こ》と書いて、銀鐘児」

「おお、格好がいいな！　すずむしの異名にちなんだのか」

「うん。すずむしは金鐘児だけど、おいらはちょっと風変わりだから、金じゃなくて銀なんだ。銀《しろがね》は白にも通じるしね」

　銀鐘児、と将太は口の中で転がしてみた。

「それじゃあ、これからは勇源堂でも銀鐘児と呼ぶのがいいだろうか。いきなりだと、皆はなかなか慣れないかもしれないが」

将太が提案すると、白太は苦笑してうなずいた。

「早いうちに呼び名を変えるのがいいと思うよ。だって、しょっちゅう聞き間違えるでしょう？」

「千紘さんは言い間違えることもあるしな。ときどきおっちょこちょいなんだ」

将太も苦笑を返す。

間違えるのも無理はない。「しょうた」と「しろた」の響きが似ているせいだ。

勇実が仕切っていた頃から、将太と呼ばれたときに白太も一緒に返事をしたり、その逆があったりした。将太と千紘の二人で勇源堂を預かるようになってから、未熟な師匠の前で筆子たちの口数が増えたせいもあり、聞き間違いが極端に増えた。

それで、将太か白太にあだ名をつけたほうがいいのではないか、という話がたびたび上がっていたのだ。

「では、これからは白太ではなく、銀鐘児と呼ぼう」

「銀でもいいよ。それか、銀児《ぎんじ》でどうかな？」

「銀児……銀児か。うん、収まりがいい。そう呼ぶことにしよう。絵師としては、銀鐘児先生だな。覚えたぞ」

白太改め銀児は、にこりとして琢馬を見上げた。

「やっぱり、琢馬さんの言うとおりになった」

「銀鐘児という号も、銀児という通り名も、おまえさんに似合いだ。実にいい名だよ。初めからそうと決まっていたみたいにな」

先ほど「ぎん」と言いかけたのは、すでにその新しい通り名で呼んでいるためだったのだろう。

銀児は、一度覚えたことを忘れない。そのぶん、新しいことへ切り替えるのが得意ではないのだが、琢馬と次郎吉が時をかけて、銀鐘児という新しい名を馴染《なじ》ませてくれていた。

これなら、銀児が勇源堂で戸惑うこともあるまい。ほかの筆子たちは新しいことが好きだから、自分も号をつけたいとか、そういうのが流行《はや》るかもしれない。

店の中から、二十ほどの男がそろりと現れた。

「坊ちゃま、外でお話ししていては、冷えませんか?」

呼びかけられた銀児は小首をかしげた。

「綿入れを着ているから平気」

琢馬が男の顔をのぞき込んだ。

「おや、初めて見る顔ですね。新しい手代さんでしょうか？」

「へ、へい。去年の秋頃に、頼み込んでこちらに雇っていただきまして……へ、丙三《へいぞう》と申しやす」

丙三は背中を丸めるようにして頭を下げた。痩《や》せ肉《じし》で撫で肩で猫背なので、妙に気弱そうに見える男だ。愛想笑いの一つもせず、おどおどと目を泳がせている。

銀児は琢馬と次郎吉、それから将太のことを丙三に紹介した。丙三は「やはり」と応じた。

「坊ちゃまからお話はうかがっておりやすんで、お見かけしたときから、そうではないかと思っておりやした。あっしは、坊ちゃまのおっしゃることは全部、書き留めて覚えるようにしておりますんで」

「書き留めて覚える？」

銀児はさほどおしゃべりではない。虫や花のことを尋ねればどんどんしゃべってくれる。だが、将太や琢馬のような、自分を取り巻く大人たちのことについては、どんな言葉を使って紹介してくれるのだろうか。想像がつかない。

しかし、その言葉のすべてを書き留めるとは。

琢馬がにこやかに丙三に言った。

「銀児さんの絵の才に惚れ込んで崇拝《すうはい》している、といったところですか。あなたが頼み込んで雇ってもらい、銀児さんの言葉を逐一《ちくいち》書きつけてまで覚えようとしているのは」

いや、琢馬がにこやかに見えるのは上っ面だけだ。頬にはえくぼが刻まれ、唇はきれいな三日月型になってはいるが、まなざしが鋭い。剣気《けんき》と呼べそうな気迫を感じ、将太はぞくりとした。

だが、丙三は勘が鈍いのだろうか。

「さようでして。何せ、坊ちゃまの才は、かの葛飾北斎《かつしかほくさい》先生までもがお認めになっているんですから。あっしのような非才の身には、もう、まぶしいほどでさあ。手代連中、皆でそう申しておりやすよ」

丙三は、自分より背の低い銀児を立てるかのように、膝も腰も背中も曲げて、へりくだった格好をしている。

銀児が口を開いた。

「北斎先生と親しいのは、おいらじゃなくてお祖父ちゃんだ。おいらは、あまりお話ししたこともないよ。絵をちゃんと教わったことも、まだない」

「ですが、下書きやら何やら、いろいろといただいたことがあるそうじゃないですか。皆、知ってることですよ。いやはや、やはり坊ちゃまは特別なんでさあ」

次郎吉が大げさに身震いした。

「ちょいと冷えてきたなあ。銀の字、上がらせてもらえるかい？」

「もちろん。おいらの絵描き小屋はすぐ暖かくなるから、おいでよ。将太先生も来ていいよ。朝餉《あさげ》もお菓子もお酒も、たくさん用意してるんだ」

それではご相伴《しょうばん》にあずかろうかな、と喉元まで出かかった。

だが、将太は先延ばしにし続けている用事がある。時が経てば経つほどに、気が重くなってきた。これ以上は駄目だ。さすがにそろそろ行かねばなるまい。

「すまん。俺はちょっと用事があってな」

「そう。じゃあ、少しだけ待っていて。渡したいものがあるんだ」

身を翻《ひるがえ》した銀児は、すぐに戻ってきた。漆塗《うるしぬ》りの文箱《ふばこ》を抱えている。複雑な寄木細工《よせぎざいく》が施された、美しい文箱だ。銀児はその文箱を将太に差し出した。

「これは何だ？」

「将太先生に預かっていてほしいんだ。これは、おいらたちの大事な『玉手箱』。できるだけいつも持ち歩いてて。お願いしていい？」

「かまわんが、おいらたちというのは誰のことだ？」

「おいらたちは、おいらたちだよ。時が来たら教えてあげる」

「中身は何なんだ？」

「それも、時が来たら教えてあげるよ。それまでは、決して開けないで。なかなか開けられないとは思うけれどね。だって、寄木細工の仕掛けを解かなきゃ開かない仕組みになってるから」

将太は釈然としないまま、玉手箱を受け取った。

琢馬と次郎吉が口を挟まないところを見るに、玉手箱について何か知っているのだろう。「おいらたち」とはこの二人のことなのだろうか。

玉手箱はさほど重くもないし、音が鳴るわけでもない。中に入っているのは、おそらく紙だろう。

「よくわからんが、預かることは承知した。なるたけ持ち歩くことにする。俺がうっかり置き忘れるようなときは、ちゃんと言ってくれ。しばらく習慣づければ、忘れなくなるはずだ」

この腰の刀のように、と将太は柄《つか》に手を触れた。

銀児はうなずいた。

「じゃあ、将太先生、くれぐれもよろしく」

次郎吉がにっと笑った。

「大事な玉手箱にぴったりの番犬じゃあねえか」

「番犬？」

この玉手箱は、それほど値打ちのあるものなのだろうか。

わからないことだらけだが、今は急ぐ身だ。将太は、琢馬に貸してもらった風呂敷《ふろしき》に玉手箱を包んで体に括《くく》りつけると、曼葉堂の店先を辞した。

何となく振り返ったとき、丙三がまだそこに立っていた。陰気な目で、じっとこちらを見ていたのだ。

将太が怪訝《けげん》に思いつつ会釈《えしゃく》をすると、丙三は顔を伏せ、そのまま店に引っ込んでいった。

四

呉服屋の大店《おおだな》が軒を連ねる大伝馬町を目指して、将太は急いだ。

正月気分の浮かれた人々が通りを歩いている。中にはふらふらと足下がおぼつかない者もいる。

大柄な将太は脚も長いので、大股の急ぎ足でぐいぐいと進めば、並みの者は走らねば追いつけない。そんな勢いで道を行きながら、将太は大いに焦っていた。

「まずい。おれんさんが待ちくたびれているはずだ。しかし、芦名屋というのはどこだ？」

羽振《はぶ》りがよいと評判の呉服商、芦名屋の一人娘のおれんが、将太がこれから会うべき相手だった。

知り合ったのはつい先月だ。おれんが顔や腕から血を流し、気を失った姿で大平家に運ばれてきた。たまたま両親も兄たちも留守にしていたため、将太がおれんの介抱《かいほう》に当たった。

おれんの傷は、自分でつけたものだった。おれんは生きることそのものが不得手《ふえ》な様子で、どうしようもなく危なっかしい。

幾度か会い、手紙を交わすにつれ、将太の中で戸惑いが膨《ふく》れ上がってきた。危なっかしいおれんは気難しくもあり、付き合う相手の選り好《えごの》みが激しい。だが、どういうわけか将太だけは別格なようで、「将さん、将さん」と慕ってくる。

将太は、どうしていいかわからない。

その戸惑いが、将太の腰を重くしていた。なるたけ早く来てほしいとおれんからの手紙に書いてあったのに、浅原家の屋根の上や矢島家や、さらには曼葉堂でも、ぐずぐずと時を過ごしてしまった。

「遅くなりすぎた。しかも、店の場所がわからん。まいったな……」

将太が日本橋に出ることなど、めったにない。おれんからの手紙に添えられた絵図を頼りに、それらしい界隈にはたどり着いている。だが、似たような店構えばかりで、見分けがつかない。

普段ならば、わかりやすい暖簾《のれん》やのぼりなども出ているのかもしれないが、元日の今日は表の雨戸も閉ざされたままだ。

焦りながら、手紙をもう一度見返してみる。

大晦日の晩から一緒に過ごせないか、というのが当初の誘いだった。だが、霖五郎たちと浅原邸で過ごすと決めた直後だったので、断りの手紙を送った。

そうすると、今度は事細かにその日の家の動きが綴られた手紙が来た。都合がついた時点でよいから、どうか顔を見せに来てくれないか、できるだけ早い刻限だと嬉しい、というのだ。

大晦日が徹夜仕事になるのは毎年のことだ。無事に仕事納めができたら、店の主立った者を連れて初日の出見物に出掛ける。

初日の出は神田明神《かんだみようじん》で眺め、そのままお参りをし、門前の茶屋でひと休みして、朝五つ（午前八時頃）過ぎに店に戻る。仕出しで頼んでおいたご馳走を店の者や親戚に振る舞い、昼頃には皆、寝入ってしまう。

「まったく、そんなに早く寝てしまうなんて……急がないと」

今や、すでに昼四つ（午前十時頃）を過ぎている。朝餉の頃に来たらご馳走がある、と手紙には書かれていたのに、すっぽかしてしまった格好だ。

芦名屋の場所を人に尋ねようか、と思ったところで、若い男と目が合った。

男は綿入れを着込むでもなく、一目でお仕着せとわかる藍染《あいぞ》めの着物姿だ。肩のところに、芦の葉をあしらった屋号が染め抜かれている。

「ああ、こちらが……」

芦名屋ですねと確かめるより先に、男はつっけんどんな態度で将太に近づいてきた。

「大平将太さまでございますね。お待ち申し上げておりました」

切れ上がるように鋭い目つきをした男とは、一度ほど顔を合わせたことがある。名は知らないが、その面差しはよく覚えている。歳は十七、八といったところか。

「あなたは、芦名屋の手代の……」

　またしても早口で先を越される。

「手代の新吉《しんきち》でございます。おれんお嬢さんが待ちくたびれておりますよ。さあ、お上がりください」

　言葉遣いは丁寧だが、語調には棘《とげ》がある。おれんだけでなく、きっと新吉も待ちくたびれていたのだ。鼻や耳が真っ赤になっているし、肌が粟立《あわだ》っている。

「遅くなってすまない。寒い中、外でずいぶん待ってくれていたんだろう？」

　将太は首をすくめて詫《わ》びを入れた。新吉は振り向いて、胡乱《うろん》なまなざしを将太に向けた。

「お武家さまがしがないお店者を相手に、そう易々《やすやす》と謝るものでもありませんよ。手前どもはお客さまをお待ちするのも仕事のうちですから、この程度は慣れております」

「武家といっても、俺はまったく大したものではないから……」

「いいえ、大したものでございます。大平さまには大変よくしていただいております。先日お持ちした反物《たんもの》も、妹御さまの春物としてお買い上げいただきました。大したお家でございます」

大平家では、呉服にせよ薬種《やくしゅ》にせよ、商家のほうを呼びつけて買い物をする。商家の側からすれば、屋敷売りをする相手先だ。格の高い武家、あるいは相当裕福な家が客となるときの売り方である。

将太はかぶりを振った。

「医家である大平家は確かに大したものかもしれないが、俺自身は、医者になるための学びを経ていない。大平家の男としては、はぐれ者だ。本当に、大したものではないんだ」

新吉は、体ごと将太に向き直った。勇実先生より背が高そうだなと、新吉を見下ろしながら将太は思った。並みの男より長身ということになる。

肩が上下するほど深く荒い息をした新吉は、低く押し殺した声で将太に告げた。

「あなた自身が大したお人なんですよ。おれんお嬢さんは昨日、ちゃんと晴れ着で見世に出て、お客さまにあいさつしていた。明け方の神田明神参りにも、旦那さまとおかみさんと一緒に、きちっと出掛けた。それもこれも、あなたのためです」

「えっ、お、俺の？」

「あなたがいつ訪ねてきてもいいように、ちゃんとしていたんですよ。お嬢さんは、実に二年ぶりに、色のついた晴れ着を身につけてくれたんです」

「二年ぶりというと？」

「おれんお嬢さんがおかしくなっちまったのは十四の秋、京の織元の坊ちゃんが商いのために江戸に来て、お嬢さんを見初《みそ》めたのがきっかけでした。急な縁談を持ちかけてきたんですよ。ずいぶん強引なことをしやがりました。そのせいでお嬢さんはあんなふうになったんです」

あんなふう、というのは、己の心身を傷つける癖のことだ。

顔も腕も剃刀《かみそり》で傷つけ、晒《さらし》をぐるぐる巻きにして、死に装束《しようぞく》のような白い着物ばかりを身につけている。むらっ気が激しく、その日の気分次第で、お稽古事の出来もめちゃくちゃに変わる。親の指図を受けつけず、叱れば何をしでかすかわからない。

だが、それがここひと月ほどは落ち着いているというのだ。

「将太さま、あなたもわかってるんでしょう？　おれんお嬢さんは、あなたのために、あなたに告げられた言葉にすがって、変わろうとしているんですよ。あなたが、お嬢さんに『放っておけない』と言ったから」

とげとげしい口調で新吉は言った。

「しかし……いや、そんな……」

否《いな》、いくら人の心模様《こころもよう》を読むことに疎《うと》い将太であっても、おれんがどんな感情を自分に向けているか、さすがに察している。

将太は額に手をやった。

わかってはいるのだ。

ただ、何とも信じがたく、どう受け止めていいかわからない。誰かに想いを寄せられることも、誰かの人生を支えていくことも、とてもではないが思い描けない。困惑があまりに大きい。

芦名屋の広い見世では、旦那とおかみと番頭、隠居や親戚筋の者が集まって話をしていた。新吉は将太を旦那たちと引き合わせるでもなく、とにかく奥へ、と急かした。

「お嬢さんは奥においでですから。お急ぎください」

二階で物音がするのは、奉公人たちが昼寝の前に食事をしたり酒を飲んだりしているからか。ひっそりしているようで、ざわざわしている。

「本当に、今さら俺が上がり込んでいいのか？」

新吉は振り向いた。今にもつかみかかってきそうな目をして、固めた拳《こぶし》を体の横で震わせている。

「お嬢さんがあなたを呼んでるんですよ。あなたのほかには何もいらないとまで言っている」

「そんな……待ってくれ。ちょっと、きちんと説明してもらえないか？」

「説明？　何をです？」

「なぜ俺なんだろう……」

「知りませんよ。でも、あなたなんです。手前はお嬢さんの乳兄弟《ちきようだい》です。乳母《めのと》の子で、兄妹同然に育ちました。おれんお嬢さんを蔑《ないがし》ろにする者がいれば、赦《ゆる》せない。たとえそれがお嬢さん自身であっても、手前には我慢ならないことなんです。だから、あなたには期待している」

奥から、けだるげな声がした。

「新吉？　新吉、戻ってるの？　将さんは？」

はっとした新吉が声を張り上げる。

「お嬢さん、将太さまをお連れしました！　今すぐそちらへ参ります！」

さあ、と新吉は将太を促した。

突き当たりを右です、そちらが客間ですので、と新吉はひどく早口で言った。怒っているのだ。申し訳なさに、将太の心が冷えてしおれていく。こうなると、うまく話せない。

と、廊下の突き当たりに、鮮やかな色が見えた。

藍色の地に紗綾《さや》、鱗《うろこ》、青海波《せいがいは》と、さまざまな吉祥文様《きっしょうもんよう》を彩《いろど》り豊かに散らした振袖だ。すらりと上背のある立ち姿に、豪奢《ごうしゃ》な振袖はよく映える。

おれんである。

揚帽子《あげぼうし》をかぶり、そこから紗《しゃ》を垂らして、顔を半ば隠している。きらきらとした錦の帯には、福を招く縁起物《えんぎもの》の蝙蝠《こうもり》の模様が華やかにあしらわれている。

おれんは将太に腕を差し伸べた。

「ああ、来てくれたんだわ。待ちくたびれちまったけれど、よかった。会いたかったわ、将さん」

ふふっ、と笑ったおれんが、のっそりとした足取りでこちらへ歩んでくる。新吉が脇によけたので、将太とおれんの間にさえぎるものはない。

将太は気まずさを胸の奥に押し込め、あいさつの口上を述べた。

「ええと、明けましておめでとう、おれんさん。遅くなってすまない。その、いくつか用事があったものだから」

「わかってるわ。武家と商家ではお正月の迎え方が違うもの。一人で来たのね？」

「ああ、ほかの者は忙しそうだったから」

「妹さんにも声を掛けたのだけれど、そう、将さんひとりを寄越してくれたの」

「理世も誘ってくれたのか？」

「ええ、もちろん。将さんのかわいい妹さんなんですもの。あたしも仲良くしたいと思って」

「しかし、理世は何も言っていなかった」

「あら、誘わなかったかしら？　どっちだったっけ？　でも、仲良くしたいのは本当のことよ。将さんのことをたくさん教えてもらいたいし。でも、あの憎らしいほどかわいらしい顔を見てると、あたしは……あたしなんか……」

そう言ったところで、おれんの体がぐらりと揺れた。

将太は、何が起こったのかわからなかった。

「危ない！」

とっさに飛び出したのは新吉だ。おれんの腕をつかんで引き寄せ、倒れそうになるのを防いだ。

「痛いわよ」

「お嬢さん、しっかりしてください！」

「うるさい……」

おれんの体から、ぐにゃりと力が抜けた。新吉はおれんを抱き留めた格好で、廊下に尻もちをついた。

「お、お嬢さん？　お嬢さん、どうしちまったんです？　あっ、もしかして！」

新吉はおれんの顔を覆《おお》う紗を上げた。顔が真っ赤だ。

ああ、と新吉が呻《うめ》いた。揚帽子を取り払う。邪魔な紗がすっかり払われ、顔が見えた。

おれんの顔色が明らかにおかしい。赤黒いと言ってもいいほど、異様な赤みを呈《てい》している。

「どうしたんだ？」

将太が慌てて尋ねれば、新吉は叩きつけるように答えた。

「酒を飲んじまったんですよ！　お嬢さんは一滴も飲めねえくちなんだ。なのにこうして飲んじまえば、毒を飲んだのと同じように苦しむことになる」

「な、なぜそんなことを……」

「あんたがなかなか来てくれなかったからに決まってるだろう！　不安で不安で仕方なくて、そうすると、お嬢さんはわけがわからなくなっちまうんだよ！　どうしてくれるんだ！」

新吉の大声に、奉公人たちが顔をのぞかせた。ぐったりと倒れた晴れ着姿のおれんに、女中たちがヒッと悲鳴を上げる。

「今度は一体どうしちまったんです？」

「お嬢さんが酒を飲んだみたいだ。水と桶《おけ》を持ってきてください！　早く吐かせなけりゃならねえ！」

言いながら、新吉は手早くおれんの帯を解き始めている。

おれんが呻いた。

「……さん、将さん……」

どうにかこうにか開いた目が将太を探している。

新吉が将太を睨んだ。

将太はひざまずき、申し出た。

「介抱を手伝う」

「お武家さまの御曹司《おんぞうし》に、下男のような仕事などさせられませんよ」

「俺は医者ではないが、できることもある。手習所の子供たちが体調を崩したり怪我をしたりしても慌てずに済むよう、医術のいろはを学んだんだ。吐かせ方も、それで身につけた。先日もおれんさんの介抱をした。手伝わせてくれ」

将太は手ぬぐいでおれんの襟元を覆った。

ばたばたと女中たちが桶や水を持ってくる。新吉が慣れた様子でおれんの体を起こした。

「お嬢さん、ここに吐いちまって」

新吉はおれんを桶に向かわせた。己の指でおれんの口をこじ開ける。

将太は新吉の邪魔にならないよう、おれんの体を支えるのを手伝った。赤黒くなってしまった耳と首筋が痛ましい。

ほどなく、おれんは吐いた。新吉は水を飲ませ、また吐かせる。

「何も食べずに酒だけ飲んだんだな」

将太がつぶやくと、新吉は舌打ちした。

「食いたがらねえんだ、お嬢さんは」

ばたばたとしているうちに、おれんの両親も祖母も見世から出てきて、ただただ痛ましげな目をして、介抱の様子を見ていた。

おれんの部屋は、ごちゃごちゃといろんなものであふれていた。その真ん中に敷かれた布団に、おれんは横たわっている。顔色は紙のように真っ白で、唇がかさかさに乾いていた。

将太は悄然として、おれんの母、おそめに頭を下げた。

「神田明神のお参りや朝餉をともに、というお誘いをいただいていたのに、すっかり遅くなってしまいました。それがおれんさんの心を傷つけてしまったこと、誠に申し訳なく存じます」

いいえ、と、おそめはかぶりを振った。疲れた顔をしている。

「おれんはこのところ調子がよかったのですが、一進一退ですね。今日はもっとしっかり見ておくべきでした。将太さまには、お忙しい中、こうして足をお運びいただいただけでも十分です。もう謝らないでくださいまし」

謝るなと言われたら、口を開けなくなった。あいまいな返事だけをして、うなだれる。

おそめが大きなため息をついた。

襖の向こうから、新吉の声がした。

「おかみさん、母を呼んでまいりました」

母というのは、おれんの乳母のことだ。

おそめが「お入り」と言うのに従って、新吉とその母が部屋に入ってくる。

「ここをよろしく頼みますよ」

二人に後を託すと、おそめは将太を伴っておれんの部屋を出た。廊下を渡りながら、おそめは将太に言った。

「お立ちになると、本当に大きくていらっしゃるのですね」

「はい。図体ばかりはこのように大きく、嵩張《かさば》っておりまして」

「体だけでなく器の大きなかたでもあると、あの子は申していましたよ」

「いえ、そのようなことは、決して」

かぶりを振る将太に、おそめは立ち止まり、微笑《ほほえ》んだ。

「無理を申すようですが、どうか、どうかおれんを突き放さないでいただければと思うのです。一人で立てないあの子を、どうにかして支えてやりたいのは親心ですが、わたくしどもでは駄目なのです」

だからどうか、と、おそめは頭を下げた。

ずしりと心が重い。胸を張って立派な返事ができればよいのに、とも思う。だが、将太は恐ろしくてたまらない。

「俺は……鬼子、なんです。大平の両親から、出来損ないの三男のことをお聞きになってください。俺など、そんなふうに頭を下げてもらえるような器ではないんです……」

絞り出すように言って、唇を噛んだ。

胃がきりきりと痛むのは、朝餉らしい朝餉を食べずにきたせいか。だが、こんな痛み方をするのでは、今さら何も食べたくない。

おれんの助けになれなかった。それどころか、将太こそがおれんを苦しめた。

罪悪感がのしかかってくる。

将太は、無言のままに芦名屋を辞した。まっすぐ本所に帰ることができそうにない。本所とは逆の、南のほうへと足を向ける。歩みがどんどん速くなっていく。

行くあてはなかった。ただ、くたびれ果てるまで動いていたかった。

なるほど、と腑に落ちるところがある。

おれんさんが毒に等しい酒を飲んでしまったのは、きっとこういう気持ちだ。

自分に値打ちなどないのだと、望みのすべてを泥の中に打ち捨てたくなるような気持ち。

「俺は、望まれているほどに強くなどない」

胸の中がぐちゃぐちゃだった。

空を見上げると、いつの間にかどんよりと重たい雲が垂れ込めていた。湿った風が吹いた。そして、べちゃりと濡れた霙《みぞれ》が降ってきた。


本所の矢島家に帰り着いたのは夕刻だった。

ちょうど門前には理世の姿があった。吾平を伴い、帰りの遅い将太を迎えに来たらしい。

「兄上さま、何があったんです？　やだ、ずぶ濡れじゃないですか！　霙が降る中、外にいたんですね。いくら丈夫な兄上さまでも風邪をひきますよ。ほら、お屋敷に戻りましょう！」

理世は頬を膨らませながら、将太の腕をつかんで引っ張った。

将太は、しかし屋敷には戻りたくなかった。

矢島道場からはにぎやかな声が聞こえている。門下生が酒盛りをしているのだろう。明かりのついたところには行かなくていい。このままここで皆の声をただ聞いていたい。

動こうとしない将太に、理世が困った顔をしている。将太はそっぽを向いた。

吾平がため息交じりにそっと笑った。

「仕方ありまへんな。将太さま、お着替えをお持ちしますわ。将太さまは矢島さまのお屋敷で夕餉をいただいてから戻ります、ともお伝えしておきます。勇実先生がいらっしゃってはるんで、と」

「そうしてちょうだい。よろしくね、吾平さん」

ぱっと身軽に駆けていく吾平を、見るともなしに見送って、将太はうずくまってしまった。

「兄さま、くたびれているみたいね。あら？　この荷物は？」

「ああ……白太からの預かりものだ。よかった。すっかり忘れていたが、なくしていなかったんだな。あ、いや、違う。白太ではなく、これからは銀児と呼ぶべきで……」

例の文箱は、風呂敷に包んで体に括りつけたままだ。琢馬の風呂敷はもちろん、中身の文箱まで霙に濡れてしまっただろう。玉手箱と呼んで大事にしているみたいなのに、悪いことをしてしまった。

本当にもう、今日は駄目だ。将太は頭を抱えて呻いた。

理世が少し屈んで、将太の顔をのぞき込んだ。

「兄さま、大丈夫？」

「おりよ……俺は、どうしたらいいんだろう？」

途方に暮れて、つい気弱な声を漏らしてしまう。

武家の娘となった理世の名を、長崎の町場で過ごしていた頃のように「おりよ」と呼ぶのは、江戸では将太だけだ。

「何があったと？　琢馬さまたちと一緒に白太さんのところに行った後、こんなに遅くなるまで、一人で何ばしよったと？」

将太はぼんやりとして理世の顔を見た。

「おりよは、おれんさんから初日の出を見ようという誘いの手紙をもらったか？」

「おれんさんからの手紙？　いいえ。少しだけそういう話をしたことはある。でも、手紙でのお誘いはもらっとらん」

「そうか」

「兄さま、おれんさんのところに行っとったと？　何かあった？」

何と言えばよいのだろう？

吐き出したい。なぐさめてほしい。助けてほしい。だが、理世が一体何をしてくれれば、将太は助けてもらったと感じられるのか。この苦しい気持ちが救われるのか。

理世は、ひび割れたようなささやき声で、苦しそうに言った。

「こんな言い方は責めるみたいで、よくないかもしれないけれど……ねえ、将太兄上さま。どうしてわたしに、今日おれんさんのところに行くって教えてくれなかったの？　どうしてわたしの前で秘密にしたの？」

「……なぜだろうな」

言葉にできなかった。日記にも書けなかった。

おれんに想いを向けられていることが、理世の前ではなぜだか後ろめたく感じられる。

ふと。

菊香の声がした。

「あら、将太さん、戻ってこられていたのですね。そんなところにいては、体が冷えますよ。理世さんも一緒に、どうぞ中へ。夫も将太さんの帰りを待っておりますから」

頭を抱えて座り込んでいる将太と、その傍らで身を屈めている理世。普通ではないと菊香も察したはずだが、声に動揺は感じられなかった。

理世が、ぱっと笑顔を取り繕《とつくろ》った。

「さ、兄上さま、行きましょう！　元気が出ないのは、きっとおなかが減っているからでしょう？」

明るさを装った声音は見事なものだった。たった今まで、触れたらぱりんと壊れてしまいそうな言葉を吐いていたとは信じられないほどに。

俺は、理世のように上手にできない。

将太は呻《うめ》きながらも、理世に促されるまま立ち上がった。

第二話　鼠《ねずみ》ではなく、蝙蝠《こうもり》

一

春二月三日の夜は、昼間の暖かさとは裏腹にひどく冷え込んだ。

蠣殻町《かきがらちょう》に拝領している土浦藩《つちうらはん》上屋敷では、油や炭の節制が呼びかけられている。しんしんとした花冷えの中、夜なべ仕事に励む者はおらず、屋敷は静まり返っていた。

三日月はお城の向こうに落ちた。星明かりだけが庭を照らしている。

小柄な男が一人、音もなく庭をよぎっていく。

そんな様子を、次郎吉は屋根の上から眺めていた。つい笑ってしまう。

「ふふっ」

ほとんど吐息《といき》と言ってよいほどのかすかな笑声《しょうせい》だった。

しかし、庭の男は足を止めた。違《たが》わず、次郎吉のほうを見る。ざらりとした声る。

で、言った。

「てめえがそこにいるのはわかっていた」

次郎吉は身を乗り出した。覆面《ふくめん》を引き下げ、目元から口元までをあらわにす

夜闇《やあん》にあっては、人の顔は白々と浮かび上がって見えるものだ。夜目が利くら
しい男には、次郎吉の顔立ちも見えているだろう。

「わかっていたというのは、あれかい？　屋根を伝《つた》ってこっちに来る姿を、おま
えさんに見られていたってわけか」

男はひそやかに笑った。

「そのとおりよ。本物の鼠小僧ってやつも詰めが甘ぇ」

「ほう、この俺さまが本物の鼠小僧だと、おまえさんはなぜ思うんだ？」

「瓦版に載った謎解きがわかったんだろ？」

「そうだな。ま、瓦版に載る前に解いちまったが」

謎解きとしては単純なものだった。

三日前、鼠小僧から何者かに宛てた奇妙な手紙が、瓦版を刷る複数の版元に投
げ込まれていた。次郎吉は銀児にそれを知らされた。さまざまな刷り物を手広く

扱っている曼葉堂にも投げ込まれていたというのだ。

金釘流《かなくぎりゅう》の字で書かれた手紙そのものは、大した意味を持たなかった。注目すべきは、ところどころ横倒しに書かれた文字があることだった。横倒しの文字を順に読むと、千住宿《せんじゅしゅく》にある旅籠《はたご》の名になった。

件《くだん》の旅籠にたどり着いてみれば、女将が謎かけの手紙を預かっていた。鼠小僧と名乗るけちな博徒《ばくと》が置いていったという。

千住宿で得た謎かけの手紙も、初めのものと同じ要領で解けた。手紙が示していたのが、この土浦藩上屋敷での盗みだ。

鼠小僧を名乗る者からの手紙は、つまり果たし状だった。土浦藩上屋敷において、どちらが真の鼠小僧にふさわしいか白黒つけよう、というわけである。

次郎吉はにやりとしてみせた。

「なかなか愉快な趣向だった。千住宿もいいところだよなあ。楽しい場所がいっぱいだ。しかし、兄さん。いくら年増《としま》の美人でも、ああいう女狐《めぎつね》とは縁を切ったほうがいいぜ。尻の毛までむしり取られちまう」

男は舌打ちした。

次郎吉は言葉を重ねた。

「それとも、あの女狐に借金でもあるのかい？　確かに返すあてがあるんだと示されねえと、何をされるかわかったもんじゃねえ、とか？　ほほう、目つきが変わった。図星だな。それじゃあ、縁を切りたくとも切れねえわけだ」

鼠小僧を名乗って盗みを働く者は幾人もいた。が、この半年ほどの間に次々と姿を消している。半数はどじを踏んで捕り方の手に落ちたが、問題は残りの半数である。

盗みの現場で、こと切れていた。

手口はすべて同じだ。硬いもので頭を殴られ、金釘流で「にせねずみ」と書かれた紙が顔に貼られていた。

真の鼠小僧でありたい何者かが、偽物を狩りながら盗みを繰り返しているのだ。

次郎吉は唇をぺろりと舐めた。

「おまえさん、そんなに鼠小僧になりてえのかい？　偽物狩りをしてまで自分が本物になりてえとは、どういうわけなんだ？」

男は答えない。確かに、盗みに入った場でぺらぺらとしゃべるものでもないだろう。

だが、次郎吉は言葉を重ねる。

「おまえさん、賭場《とば》で名乗ってんだってな。俺さまこそが鼠小僧だ、と。そうすりゃ、悪党どもに一目置かれるのかねえ？　いっぺん名乗ったら引っ込みがつかなくなったのか、気分がよくなったのかはわからねえが」

男が袂《たもと》に手を突っ込んだ。何を取り出すつもりなのか。

刹那《せつな》。

びゅっ！　と夜気《やき》が鳴った。

次郎吉の額の真ん中に礫《つぶて》が当たった。

「うっ……」

呻いた次郎吉は、屋根の棟から後ろざまに転がり落ちた。

今まで「にせねずみ」を打ち殺してきたのは、男が投じた礫である。

ただ投げつけるのではない。帯状の投石具を用いて投げる技がある。

昔、見世物小屋に拾われていた頃に身につけた技だった。軽業に優れるのも、鳶《とび》の下積みをしたためだけでなく、見世物小屋で体を張っていた頃に培《つちか》った。

鼠小僧の名は、男にとって都合がよかった。何しろ、盗人でありながら、江戸の民には妙にうけがよい。

名など、便利に使えるなら何だってかまわない。

男はほくそ笑んだ。

「あばよ、鼠小僧。今日から俺だけが本物の鼠小僧だ」

興奮に胸が高鳴っていた。

男は足音を忍ばせて走りだす。

屋敷の造りは頭に入っている。武家屋敷に忍び込むなどと、鼠小僧なる盗人の評判が耳に入るまで考えたこともなかったが、なるほど確かに格好の獲物《えもの》だ。

由緒《ゆいしょ》ある武家は屋敷こそ広く、長屋暮らしの町人ではありえないほどの金品をしまい込んでいる。だが、昨今は羽振りがよろしくない。張り番を置いていなかったり、油代を惜しんで寝静まってしまったりと、実に無防備だ。

屋敷の造りはどこも似通っている。幾度か忍び込むうち、屋敷のどのあたりにどの程度の金銀が隠してあるか、おおよそ読めるようになってきた。

聞いた話によると、土浦藩は金に困っている。もともと裕福とは言えなかったところ、十何年か前に大火に見舞われ、立て直しに手こずっているのだとか。

藩主が在府中に起居する上屋敷も、あちこちの修繕がなされておらず、隙だらけだ。蔵の錠《じょう》も古めかしい。この程度、破るのはわけもない。

かちっと確かな手応えとともに、錠が外れた。

他愛もねえ。

覆面の下でにやにや笑いが止まらない。いい夜だ。目の上のたんこぶを打ち殺し、盗みのほうもいつものとおり、妨《さまた》げるものなど何ひとつなく進んでいる。

蔵の戸に手をかけた。重たい戸を開ける。

しかし、蔵に踏み込むことはできなかった。

あっと思ったときには、蔵の中から飛び出してきた捕り方に両腕をつかまれ、たちまち引き倒されていた。

「御用だ、鼠小僧！」

覆面をむしり取られる。

押さえつけられながらも無理やり顔を上げれば、房のついた十手が見えた。下っ端の捕り方が持てるものではない。同心がみずから出張《でば》っているというのか。

十手の先が顎《あご》の下に差し入れられた。ぐい、と上を向かされる。いつの間にかともされていた明かりを近づけられ、まぶしさに目を細めた。

「ふむ、丸顔に薄あばた、薄い眉、小さな目。投げ込みの文に添えてあった人相書きにそっくりだ。おまえが本物の鼠小僧で間違いないな」

「な、何？」

「千住宿の旅籠の女将から聞いた人相とも符合《ふごう》する。賭場に出入りしては借金を重ねておったそうだな。余罪もあろう」

「ま、待て、俺は……」

「話は奉行所で聞いてやろう。縄を打って連れていけ！」

鼠小僧は愕然《がくぜん》としているうちに縛り上げられ、立たされて歩かされていた。

上屋敷に奉公する者たちが遠巻きにしている。

「はめられたのか……？」

何が何だかわからないうちに門の外まで連れ出され、荷物のように駕籠《かご》に押し込まれた。

至極あっさりと片づいた捕物劇を見送って、琢馬はほっと一息ついた。傍らの次郎吉を見やる。

「おまえさんが屋根から転がり落ちてきたときは肝が冷えたよ、次郎吉さん」

背中から地に叩きつけられる前に体をひねり、猫のように四つん這いで着地できたのはさすがだったが。

「実は手前もひやひやした。例の礫投げが思いのほかうまくてな。なるほど、ありゃあ一撃で人を殺せるわけだぜ。種を知っていたんでどうにかなったが、さもなけりゃ、手前も危なかった」

次郎吉は礫を一応躱《かわ》したと言ったが、直撃しなかっただけだ。覆面の下の鉢金《はちがね》には、礫が当たったらしい形跡が残っていた。とっさに後ろにのけぞりながら礫を受けたおかげで、命取りにならずに済んだのだろう。

すでに次郎吉は覆面を外している。着物も、闇に紛《まぎ》れる暗色のものではなく、寝巻に上着を引っかけた格好になっている。中間が騒ぎを聞きつけて起きてきた、といった様子だ。

琢馬もまた、寝巻に上着の格好である。こちらは遊び人風に髪を崩し、煙管《きせる》を手にし、寝巻の襟元から派手な更紗《さらさ》の襦袢《じゅばん》をのぞかせている。上屋敷の住人にあるまじき格好だ。

崩れた色気を漂わせる琢馬の出で立ちに、ぎょっとした目が向けられる。だが、探りを入れてくる者はいない。

売れない役者か何かだと勘違いされ、誰が一夜の恋の相手としてこんな者を呼んだのか、と思われていることだろう。

もしもお偉いさんのお気に入りなら、詮索《せんさく》も他言も無用だ。であるから、誰もが琢馬を見て見ぬふりをしている。

「尾花の旦那はどうしたって派手だから潜入なんぞできねえだろう、と思ってたんだがねえ」

「派手なら派手なりに、手口はあるということだ」

「ますます、役人なんかにしとくにゃもったいねえ」

「俺もそう思うよ。さっさと役人稼業から足を洗いたいもんだ」

次郎吉は耳を澄ます仕草をした。夜更けにあるまじき人々の声が聞こえてくるのだ。ぐるりと屋敷を囲む垣根の向こう側が明るい。

「外にも野次馬が集まってらあ」

「鼠小僧が今夜この屋敷に現れる、という瓦版をばらまいた甲斐があった。さっきつかまったあの男こそが、鼠小僧として大勢に目撃されたわけだな」

次郎吉はにやりと笑った。

「手垢《てあか》のつきまくったあの名くらい、ほしいと望むやつにくれてやるさ。幸い、あいつなら手前と背格好が似ている。まあ、この次郎吉さまのほうがよっぽど男前だがな」

　琢馬はこぼれ毛を掻き上げ、耳に煙管をひっかけた。

「さて、我々も退散するとしようか。銀児さんが気を揉んでいることだろう」

「ああ。銀の字にも礼を弾まなけりゃな。謎解きも、奉行所への投げ込みの人相書きも、銀の字のお手柄だ」

　琢馬と次郎吉は、捕り方と屋敷の者がばたばたと行き交う表門から悠々と通りに出ると、野次馬に紛れ、一体何があったのかねえと噂話を交わしながら、田所町のほうへ立ち去った。

二

「鼠小僧がつかまったらしい！」

　耳ざとい鳶の子の久助《ひさすけ》が信じがたい噂を聞きつけ、朝一番に勇源堂にもたらした。

　鼠小僧贔屓《びいき》の筆子たちは騒然とした。

「嘘だろう？　また偽物がつかまっただけじゃない？」

「でも、近頃の鼠小僧は味噌《みそ》がついてばっかりだったし」

「そうだ、自分の盗みのためだけに人を殺すなんてさ」

「人が変わっちまったみたいだとは思ってた」

十三になった久助と、その相棒で鋳掛屋《いかけや》の子の良彦《よしひと》を中心に、筆子たちはああだこうだとにぎやかだった。

それを聞きながら、将太はもやもやしたものを抱えていた。

正月一日の朝、人並み外れて身軽な次郎吉が謎めいた予言をした。それが思い出されたのだ。

「つかまったのは、鼠小僧？　それとも次郎吉さん？」

朝のうちにはあいまいだった鼠小僧捕縛《ほばく》の知らせも、手習いをお開きにする昼八つ（午後二時）頃になると、確かなものになっていた。

道場の師範代《しはんだい》を務める龍治は、鼠小僧の件を聞くと血相を変え、下っ引きの寅吉を伴って飛び出していった。みずから町に出て噂を聞き、顔馴染みの定町廻《じょうまちまわ》り同心、岡本達之進《おかもとたつのしん》のもとへも足を運んだらしい。

ちょうど手習いが終わる頃に戻ってきた龍治は、微妙な顔をしていた。

「どうしたんです？」

将太が尋ねると、龍治は言葉を選ぶような間を置いてから、短く答えた。

「俺の知ってる鼠小僧じゃなかった」

「龍治先生、鼠小僧を知ってるんですか？」

「江戸じゅうの人が知ってるだろうよ」

「いや、そうじゃなくて……」

龍治の口ぶりは、鼠小僧の正体が顔馴染みの相手であるかのようにも受け取れた。

やっぱり、次郎吉さんが鼠小僧なんですか？　そんな問いが喉元まで出かかっていた。

しかし、龍治と寅吉が集めてきた瓦版を目にすると、釈然としない思いのままで黙り込むしかなくなった。すでに幾種もの瓦版が鼠小僧捕縛について報じていたが、書かれているのは同じようなものだった。

「蠣殻町にある某藩の上屋敷に盗みに入った鼠小僧が、南町奉行所の捕り方によって捕縛された。薄あばたのある、眉が薄くて目の小さな、小柄な男だった。このたびの盗みが初めてだと言い張っているが、余罪については慎重に調べが進められている」

捕らえられた男は、事前に奉行所に投げ込みがあった人相書きとそっくり同じだったという。瓦版にも、その鼠小僧の顔が描かれていた。

「全然似ていない」

むろん、次郎吉と比べてである。次郎吉は確かに小柄な男ではあるが、生き生きと輝く目をした、浅黒い肌の男前だ。

将太は困惑した。

筆子たちはひととおり騒いだ後は、しゅんとおとなしくなった。

「鼠小僧の時代も終わったな」

「前はあんなに格好がよかったのになあ」

「奉行所や目付《めつけ》の裏をかいて悪事を働いてた連中の罪を暴き立てて、誰にもできないようなやり方で裁いてのけてさ」

「でも、あんな英雄は、やっぱり『北方異聞録《ほっぽういぶんろく》』や『南総里見八犬伝《なんそうさとみはっけんでん》』の中にしかいないんだ」

答えを出してしまうと、筆子たちはあっさりと気分を切り替え、新しく出たばかりの『北方異聞録』の話でわいわいと盛り上がっていた。

しかしながら、将太はもやもやを抱え続けていた。謎かけのような次郎吉の予言と、次郎吉とは似ていない鼠小僧の人相書き。二つの事柄が、つながるようでつながってくれない。

「どういうことなんだ？」

考え始めてしまうと、何も手につかなくなる。

正月一日に次郎吉と再会しなければ、こんなふうに悶々《もんもん》とせずに済んだだろう。

返す返すも、正月一日は難儀な日だった。次郎吉の謎かけもそうだし、おれんのこともだ。

三が日の間、将太はお詫びの気持ちを込めて、毎日おれんのもとを見舞った。おれんは、酒を飲んだ翌日はまだぐったりしていたが、三日目には起きられるようになった。

正月休みが過ぎて手習いの日々が再開してからは、頻繁に顔を出せるわけでもない。その代わり、勇源堂におれんの手紙が届けられるようになった。手代の新吉が、ちょうど昼餉の休みの頃に持ってくるのだ。芦名屋の人々の中で、新吉だけは、正月一日の将太の失態を赦していない。新吉自身からはっきりとそう告げられた。

将太とおれんの文通は、筆子たちはもちろん、道場の門下生たちにも知られるところとなっている。そうして人目を集めていることもあり、おれんへの返事を怠《おこた》るわけにはいかない。

しかし、おなごへの手紙の書き方など、将太にはわからない。

困り果てる将太を見るに見かねて、筆子のうち女の子たちが手紙の書き方の指南をしてくれた。男の子たちがやいのやいのと冷やかすのを追い払ってもくれた。

手紙の中では、おれんは存外そっけない。面と向かっているときは異様に熱を帯びた言葉を吐き、どこか危ういきらめきをその目に宿しているのだが、真っ白な紙に綴られる言葉はそうではない。

他人行儀というのとも少し違う。ただ、どことなく冷たく、捨《す》て鉢《ばち》にも見える。将太はその文を読みながら、突き放されているようにも感じてしまう。

十三の桐《きり》が、千紘とよく似た口調で言った。

「こういう言い方をするものではないかもしれないけれど、おれんさんの手紙って、これからいきなりふっといなくなってしまいそう。お別れの手紙みたい」

将太が感じていたとおりのことを、桐が言葉にしてくれた。

別れの手紙、遺書と呼び替えてもいい。だから、将太はぞっとしてしまうのだ。俺が返事を出さなかったら、おれんさんはどうなってしまうだろう？

その懸念が杞憂《きゆう》でないことは、正月一日に明らかになっている。おれんは将太が約束を守らずにいたら、毒に等しい酒を呷《あお》ってしまう。

将太はおれんの手紙を、好意を、決して蔑《ないがし》ろにしてはならない。悩んでいる。

でも、理世にはそれをうまく言えない。理世には、どんどんたまっていくおれんからの手紙を見せていない。見せてもいいはずだが、なぜかそれがためらわれる。

何かほかに打ち込めることがあるときはいい。しかし、ふとしたときに思い返してしまっては、ただ途方に暮れる。

「俺などに想いを寄せて、何になるというんだ……」

あんな大店のお嬢さんで、大事にしてくれる人たちに囲まれている。それだというのに、おれんはなぜ将太などを選ぶのか。

三

鼠小僧の件の翌日である。

久助と良彦が銀児をつかまえ、ひそひそとしゃべっていた。そこに御家人の子で十四の淳平《じゅんぺい》も加わって、にまにましたり、目を輝かせたり、笑って小突き合ったりと、何やら楽しそうだ。

昨日の落ち込みようとは雲泥の差だった。鼠小僧のことはもう忘れた、と言わんばかりだ。

四人は連れ立って将太のところへやって来た。

「なあ、将太先生。ちょっといいか？」

「何だ？」

「いいからこっちへ」

四人につかまった将太は、勇源堂の外へ連れ出された。

銀児が、将太の小脇に抱えた風呂敷包みを確かめた。

「将太先生、これは玉手箱でしょう？」

「ああ。銀児からの預かりものの玉手箱だ。約束どおり、ちょっとしたときでも、こうして持ち歩いているぞ。おいらたちと言っていたのは、おまえたち四人のことだったのか」

「うん。ほかの誰かに預けたりなんかしていないよね？」

「大丈夫だ。実は一度、道場に置き忘れたことがあったが、すぐに気づいて取りに戻った。そのときに龍治先生が手にしたのを除けば、ほかの誰にも触れさせていないし、その一件以来、俺がうっかりしないよう、道場の皆も気をつけてくれている」

玉手箱は、もとは淳平が叔父から贈られたものだという。御家人の子息、しかも嫡男ではない淳平が持つには分不相応《ぶんふそうおう》なほどに見事な造りのものだ。漆塗りの艶やかな表面は丈夫だし、細工によって閉じられた蓋《ふた》はまったく浮いたりずれたりしない。

筆子たちは目配せを交わした。

銀児に代わり、今度は淳平が咳払いをして、声変わり途中のかすれた声を低くして将太に告げた。

「今日の手習いが引けたら、玉手箱を囲む秘密の集まりをします。場所は銀児さんの家の絵描き小屋。将太先生、このところ、元気がないでしょう？　特別に、私たちの集まりに誘ってあげます」

「いいのか？　秘密を俺に知られてしまったら、どうなるかわからないぞ。俺は隠し事が苦手だから」

「大丈夫です。将太先生も仲間になるんですから、何も言えなくなりますよ、きっと」

四人は各々《おのおの》の表情で微笑んでいる。それ以上は何も教えてくれそうにない。

将太は一抹《いちまつ》の不安を覚えながら、淳平たちの誘いを受けることにした。

曼葉堂は奥行きのある造りだ。丙三などの手代は皆、二階に住み込んで店の仕事と絵の下積みをこなしているという。

店先で品物の整理をしていた丙三が、ぞろぞろとやって来た将太たちの姿に驚いて、目をしょぼしょぼとしばたたいた。

「坊ちゃま、お帰りなさいませ。こちらはお友達ですか？」

「手習いの仲間だよ。将太先生とは正月に会ったでしょう？」

「へい。ああ、ええと、坊ちゃま、おかみさんは夜までお戻りにならないそうです」

「知ってるよ。お父ちゃんもお祖父ちゃんも、今日はこっちじゃなくて、神田の長屋のほうの仕事にかかりきりなんでしょう？」

店とは別に、抱え絵師の仕事場として、神田相生町《あいおいちょう》に長屋を持っているらしい。

将太は丙三に会釈をし、帳場に座っている番頭にあいさつをした。

番頭は、茂兵衛《もへえ》という老爺《ろうや》である。若い頃は銀児の祖父とも肩を並べる絵師だったが、顔料が目に入ってしまう不運な出来事によって片目がほとんど見えなくなった。それで絵筆をおいて曼葉堂のお店者《たなもの》として働くことになったという。

その話を茂兵衛からじかに聞いたわけではない。実は、次兄の臣次郎《しんじろう》から教えられたのだ。

「おまえが教えている中に、版木屋の子がいるだろう？　あそこの番頭の茂兵衛さんを、俺が診ることになった。まあ、つなぎだがな。本当はオランダ流の医者に任せるのがいい。眼病は、日の本の漢方医術よりもオランダ流のほうがよほど優れているからさ」

臣次郎は伊達男《だておとこ》だ。顔立ちも声もよく似ていると言われるが、気後れするほどに洒落ている。

茂兵衛は無駄口を利く男ではないが、将太に何か告げようと口を開きかけた。銀児の手習いの師匠というだけでなく、世話になっている医者の弟なのだ。あいさつの一つくらい、するのが当たり前だろう。

だが、将太はつい目を伏せ、茂兵衛のまなざしに気づかないふりをしてしまった。臣次郎の話になったところで、どう応じればよいというのか。

将太は奥に上がり込みながら、銀児に尋ねた。

「銀児の家にこうして筆子仲間が押しかけることはめったにないんだろう？　俺も上がらせてもらうのは初めてだ。親御さんにごあいさつをしたほうがいいんじゃないか？」

「みんなを呼ぶのは初めてだけど、人の出入りは多い家だよ。お祖父ちゃんがよく若い絵師を連れてくるの。だから、気にしなくて大丈夫。あっ、人の出入りに慣れすぎちゃって、おもてなしがいい加減かもしれない。そこはお武家さんとは違うから、堪忍《かんにん》してください」

銀児は、武家の将太と淳平にぺこりと頭を下げた。長屋暮らしの久助と良彦は、顔を見合わせて肩をすくめている。

裏庭の隅に庵《いおり》がある。もとは有名な絵師を寝泊まりさせるため、あるいは絵を描き上げるまで閉じ込めておくために使っていたが、今では銀児に与えられているらしい。筆子たちは絵描き小屋などと呼んでいるようだ。

「みんな、入って」

絵描き小屋は四畳半程度で、土間もまた狭い。道具や描きかけの絵をきちんと片づけてくれてはいたが、男の子四人に加え、大柄な将太が上がり込むと、ぎゅうぎゅうになってしまった。

「俺は土間に下りようか？　狭いが、戸を開ければいい」

これには四人が声を揃えた。

「駄目！　戸は絶対に閉めて！」

久助と良彦が、土間に下りかけた将太を引っ張り上げ、いちばん奥に押し込めた。淳平がきっちりと戸を閉ざし、心張り棒《しんばぼう》までかってしまう。

筆子たちの頭領格の久助が、立ち上がって宣言した。

「年越しから正月はみんなそれぞれ家のことで忙しかったり、その後は風邪をひいちまったりで集まれなかったけど、ようやくこの日が来たぞ。これより、玉手箱を開ける！」

銀児、良彦、淳平が、おう、と声を上げる。子供ばかりなのに妙に物々しい。

一体何事が始まるというのか。

ぽかんとしている将太に、久助が告げた。

「いいか、将太先生。これはおいらたちの秘密の集まりなんだ。だから、ほかの誰にも見られちゃいけないし、話を盗み聞きされるのもまずい。将太先生は声がでかいから、しゃべっちゃ駄目だぞ。約束だ。いいな?」

まるで久助のほうが師匠のような口調で、将太に言い聞かせるのだ。

将太は気圧《けお》されてうなずいた。わかった、と応じようとした口を押さえ、無言でうなずいて、約束を守るつもりがあることを示す。

子供だけの秘密の集まりは、将太にも覚えがある。同い年の幼馴染みの三人組、将太と千紘と質屋の跡取りの梅之助《うめのすけ》で、ちょっとした企てをしたことが幾度もあった。龍治の元服祝いの相談だとか、花見で披露する義経弁慶《よしつねべんけい》の稽古だとか。

淳平が玉手箱を手に取った。

「この細工はいっとう手強かったんだ。天文方《てんもんかた》に勤めている叔父が、こういう知恵遊びみたいな細工物に目がなくてね。私も好きだと言ったら、いくつか譲ってくれたんだ。で、こいつの開け方だけどね、順番に仕掛けを外していくんだよ」

かっちりとはまっているように見えた寄木細工の矢絣模様《やがすりもよう》が、淳平の指に触れられると、手妻《てづま》のようにぱらりとほどけ、斜めに動いた。それが一つ目の鍵で、次は裏側の市松《いちまつ》模様が上下左右に滑るようになる。

淳平は、一つ、二つ、三つと手順を数えながら、間違えることもなく、七つの仕掛けを解いた。すると、ついに蓋が動く。

久助も良彦も目を皿のように見開いていたが、駄目だ、と呻いた。

「開け方、覚えられねえよ！」

「淳平、やっぱり頭いいな」

「それほどでも、なくはないかな。算術と囲碁《いご》と知恵の輪の類《たぐい》だけは、大人顔負けだって言われる。でも、銀児は今ので覚えたでしょう？」

淳平に水を向けられ、銀児はうなずいた。

「覚えた。おもしろいね、この箱」

将太は舌を巻いた。淳平の算術や銀児の物覚えには特別な才があると感じているが、こうして目の当たりにすると、驚きがまた違う。

俺の教え子たちはすごいのだ。

将太の胸にふつふつと得意な気持ちがわいてくる。

ふと、頭上からかすかな物音が降ってきた。見上げると、天井板は張られておらず、太い梁《はり》が剝《む》き出《だ》しになっている。

将太のまなざしにつられて、筆子たちも頭上を仰いだ。

銀児がにっこりした。

「気にしないで。蝙蝠がいるだけ。でも、悪さはしないから大丈夫」

久助が首をかしげた。

「蝙蝠？　鼠じゃねえのか？」

「ここには、鼠はもういないよ」

「ふうん。まあ、鼠は手あたり次第に何でもかじっちまうから、いないほうがいいよな。大事な絵や版木がやられたら、銀児んちは困るだろ」

良彦が皆を急《せ》かした。

「蝙蝠でも鼠でもいいよ。なあ、早く開けようぜ、玉手箱！」

筆子たちはうなずき合った。将太も今やわくわくしている。

「では、開けます」

重々しく宣言した淳平が、とうとう、ゆっくりと玉手箱の蓋を外した。

箱の中にまず見えたのは、上等そうな油紙だ。中のものはきっちりと包まれている。

淳平は油紙ごと取り出して、畳の上に置いた。薄さから見て、油紙の中身も紙だろう。書状か何かだろうか。しかし、筆子たちがそんなに大事な書状など持っているとも考えにくいが。

目で合図を受けた久助が、その油紙を開いた。

「おお……！」

「うわぁ、すげえ」

筆子たちが口々に声を上げる。将太はその後ろからのぞき込んで、危うく叫んでしまいそうになった。

「なっ……」

何だこれは！　と言葉にする前に、素早い久助に飛びつかれ、手で口をふさがれた。ひそひそした声で叱られる。

「将太先生、騒ぐなってば！　そんなにびっくりすんなって。二十一にもなった大人なんだから、こういう絵だって、見たことないわけじゃねえだろ」

銀児と淳平が丁寧な手つきで並べていくのは、春画だ。

笑い絵ともあぶな絵とも呼ばれるが、要するに、大事なところを剝き出しにした男女が、時には男同士や女同士のものもあるが、絡み合う様子が描かれた絵である。

将太は驚きのあまり頭に血が上り、かっと顔が熱くなった。

淳平が目をぱちくりさせ、将太の顔をのぞき込んできた。

「おお、将太先生、見事に真っ赤だ。今までおなごに持てても頓珍漢《とんちんかん》な態度だったから、ひょっとして高貴な聖《ひじり》みたいに徹底して純真無垢《じゅんしんむく》なんじゃないかと思ってたけど、そういうわけでもなかったんですねえ」

淳平は三つ上の姉の影響か、妙にませたところがあって、たびたび将太を「男の子」扱いする。将太先生はあまりに純真無垢だとか、年上に感じないから相談しやすいとか、そんなことを言うのだ。

いや、こんなに図体の大きな俺が子供のままのはずはないだろう、と将太は反論したい。

むしろ、体の育ちが異様に早かったために苦労した。心や情で欲を感じるより前の幼いうちに、体に変化が起こったのだ。初めはわけがわからず、病なのか、それとももっと恐ろしい呪《のろ》いなのか、と怯《おび》えたものだ。

当時、手習いの師匠だった白瀧源三郎《げんざぶろう》に泣きつき、混乱のあまり頭がぐちゃぐちゃになった中で半日かけて事情を話した。源三郎は辛抱《しんぼう》強く聞き、きちんと将太の混乱を受け止め、解きほぐしてくれた。

春画を教本代わりにして人の体の仕組みを教わったのは、そのときだった。怖がらずともよいのだよ、将太。いきなりのことで驚いたかもしれんが、手習所の皆もいずれ通る道なのだ。

源三郎の丁寧な説明と穏やかな声音が将太を落ち着かせてくれた。

とはいえ、春画を笑い絵と呼ぶわけは、そのときには何度聞いてもわからなかった。こんな不気味な絵のどこが滑稽なのか、と涙交じりに訴える将太に、源三郎は柔らかな苦笑を浮かべていた。

「でも淳平、おいらたちでもこんなに真っ赤にならねえよな」

「久助の言うとおりかも。将太先生、本当に大丈夫ですか？　ぶっ倒れたりしませんよね？」

するものか。俺は人より血の気が多いせいで、すぐ真っ赤になってしまうだけだ。

体に比べて心のほうは、今の淳平たちと比べても、育ちが遅かった。そして、いまだに心はきちんと大人になれていないのかもしれないと、ときどき思う。

道場の兄弟子たちや同い年の寅吉は、筆子らがちょろちょろしているときと大人だけになってからとで、上手に切り替えができている。将太はそのあたりが下手《へた》だ。

しかし、こたびのことはあんまりではないか。

このひと月余りの間、肌身離さず持ち歩いていたというのに、その玉手箱の中身が、まさか春画だったとは。万一、細工の仕掛けを解いて箱を開ける者がいたら、どうなっていたことか。大の男が春画を大事に箱にしまって抱えていたなんて、江戸雀《えどすずめ》の格好の話の種だ。

将太はきわどい絵につい目を惹かれてしまいながら、羞恥とも興奮とも混乱ともつかないものを抱え込んで、身動きできずにいた。

一方の筆子たちである。

「見ろよ、これ。ここがこんなになるわけねえよな」

「いや、大人はなるのかもしれない。集めた絵、全部こんなんだし」

「ならねえって。大人の男でも、ここまででかくならねえよ」

「構図にもよるけれど、こういう絵では、大きく詳しく描くものみたいだよ」

なるほど筆子たちにとって、春画は確かに笑い絵であるらしい。興味津々《しんしん》の目で絵を見つめながら、どうにもこらえきれない様子で、にまにま、くすくすと笑っている。

久助がにやにやしながら、将太のほうに絵を突きつけてきた。

「なあ、将太先生。将太先生は一応大人なんだからさ、この絵がどのくらい本当なのか、教えてよ」

やめろ、俺に何を言わせる気だ？

良彦が一枚の絵を指差した。戦国武者と妻女らしき二人の絵で、なかなか見事な彩色が施されている。

「この武将、六尺超えがどうとか書いてるから、将太先生みたいな大男ってことだ。筋骨隆々《きんこつりゅうりゅう》としてるし、顔もちょっと将太先生に似てるな。男がこんだけでかいと、女がずいぶん小さく見えるんだなあ」

あほう、急になまなましいことを言うな。

淳平が憐《あわ》れみを込めた声音で諭《さと》してくる。

「あーあ、将太先生ったら、口も利けないほど恥ずかしがっちゃって。そんなふうだから、ひょっとして私たちより世慣れてないんじゃないかって心配されるんですよ。知識として、こういう絵にもちょっとは馴染んだほうがいいんじゃないですか?」

生意気な。何を言うか。

口を利かんのは、そういう約束だからだろうが。断じて、たかがあぶな絵に衝撃を受けているわけではないぞ。

あぶな絵なら、京にいた頃に浴びた。見て楽しんだとか、そういう量ではなく、浴びたのだ。

寄宿していた屋敷の主《あるじ》は付き合いが広く、絵師にも知己《ちき》が多かった。京の絵師は、由緒ある大寺の障壁画《しょうへきが》を手掛けたりなどする。名のある絵師ともなれば、多くの弟子を抱えていた。

その弟子らは将太とも歳が近く、気さくに付き合えた。それで、将太をもとに絵を描きたい、ちょっと脱いでくれないか、絵の稽古に付き合ってほしいのだ、と頼まれた。

男同士である。一緒に湯屋にも行く仲で、脱ぐのはやぶさかでなかったが、何の絵なのか。不動明王《ふどうみょうおう》や風神雷神《ふうじんらいじん》でも描くのかと問えば、あぶな絵だと言われた。びっくり仰天《ぎょうてん》である。

京の古刹《こさつ》の見事な障壁画には目を奪われていた。それを手掛けた者たちがどんなふうに絵を描くのか、じかに見てみたいという興味もあった。

恥ずかしさもむろんあったが、結局は興味のほうが勝って、将太はあぶな絵の稽古に付き合うことにした。

そうして絵師の作業場に通う間、あぶな絵をさんざん目にした。門前の小僧習わぬ経を読むというやつで、あぶな絵の技法も、絵筆を執らないくせにずいぶん覚えた。

だから、筆子たちが勝手に思い込んでいたり、龍治が妙に心配してくれたりするほどには、将太は初心《うぶ》ではない。

「でもさ、霖五郎さんに聞いたんだけど、将太先生はシマバラとかギオンとかに行っても、てんで駄目で、さっさと逃げ出したんだって」

「良彦、シマバラとかギオンって何？」

「あれぇ、淳平も知らねえの？　おいらもいまいちわかんねえんだ。霖五郎さんは、女の人がいて酒を飲めるとこ、みたいなこと言ってたけど」

霖五郎さん、あなたは筆子たちに何を吹き込んでいるのか。

島原《しまばら》や祇園《ぎおん》の遊郭《ゆうかく》に連れていかれたことは、幾度かあった。しかし、歌舞音《かぶおん》曲《ぎょく》に加えてさまざまな会話の飛び交う宴の喧騒《けんそう》に耐えられなかった。酒が入るとなおさら、すべての音がわんわんと頭の中で反響してしまうのだ。

日頃見慣れないものばかりが部屋に並んでいたことも、独特のにおいの香が焚《た》かれていることも、将太を混乱させた。一夜限りの恋をしっぽりと楽しむ、どころではなかった。

「シマバラとギオンの話、おいらは龍治先生から聞いたよ」

「おっ、銀児も知ってたのか。何だ、みんな知ってるんじゃねえか。将太先生、だらしねえぞ」

そうは言ってくれるがな、久助。ああいう場所は、選ばれし者だけが上手に遊んで楽しめる場所なんだ。

「あっ、この絵、見ろよ！　ここからのぞいてるやつがいる」

「うわぁ、本当だ」

「この家の子供かな？」

「嫌だ嫌だ、こんなの見たくないって！　本物は嫌だよ！」

将太を黙らせておいて、筆子たちはわいわいとにぎやかだ。

ふと思った。絵描き小屋に隠れて玉手箱を開けたのは、大人に見つかれば叱られるからだろう。であれば、将太も叱るべきなのか。

俺はもう二十一だぞ。いくら何でも、おまえたちよりは大人なんだ。

呆れ顔でそう言えたらいいのに、それができない。初手で驚かされて頭に血が上ったのがいけなかった。一度混乱してしまうと、口が利けず身動きもとれなくなる。肝心なときに口下手なのは、幼いときのままだ。

将太は呻き、うなだれた。

今すぐ恩師たちに助けを求めたい。

勇実先生、龍治先生、こういうとき、俺は一体どうすればいいんでしょうか？

四

彩色された春画ばかりの中で、一枚だけ、さっと墨一色で走り描きされたものがあった。銀児が持ってきたという。

武家の姫とその従者の姿だ。姫は豪奢な打掛《うちかけ》だけをまとい、傷つき倒れた裸の従者を抱いて、刀を構えている。姫もまた傷つき、血を流している。

どういう場面だかわからない。肌を出した姿が描かれているだけで、あからさまに絡み合っているわけでもないので、春画としてのおもしろみは薄いかもしれない。

だが、目を惹かれた。絵のうまさが桁違《けたちが》いだと思った。

思いはしたが、言葉にしなかった。結局、将太は最後まで口を開かなかった。

誰も覚えていないかもしれないが、約束をしっかり守ったのだ。

秘密の集まりがお開きになったのは、暮れ六つ（午後六時頃）の捨て鐘が鳴らされたからだ。

「まずい！　いつの間にこんなに時が経ってたんだろう？」

久助が跳び上がった。家の手伝いをうっちゃって遊びに来ていたのかもしれない。

「そろそろお母ちゃんが帰ってくるかもしれない。早ければ暮れ六つ頃に戻るって言ってた」

銀児の言葉を合図に、筆子たちは手早く片づけをして、玉手箱をもとに戻した。

良彦が満足そうに笑った。

「でも、おもしろかった。また新しいのを手に入れたら、ここに集まってみんなで見ようぜ」

筆子たちはにまにまとうなずき合ったが、将太は口の真一文字《まいちもんじ》を崩さない。

　さすがに自分はお役御免だろう。感心はしないが、筆子たちが春画を隠し持っているという秘密は守ってやる。だが、こんな集まりに巻き込まれるのはごめんだ。いたたまれない。

　ところが、淳平が当然のように将太に玉手箱を差し出してくるではないか。

「じゃあ、将太先生、またよろしくお願いします」

　将太はかぶりを振った。いや、そろそろしゃべっていいだろうと気づき、口を開いて訴えた。

「勘弁してくれ。中身を知ってしまったからには、もう預かってはおけない」

「ええっ、どうしてですか？　私たちにとっては大事なものなんですよ。将太先生は腕が立つから番人にちょうどいいって、銀児さんが選んだのに」

　将太は大きなため息をついた。

「大事なものだとしても、無理なものは無理だ。俺はもう預かれない。次のときもここに集まるんなら、銀児がこの小屋にしっかり隠しておけばいいじゃないか。これ以上、俺を巻き込まないでくれよ。直先生や霖五郎さんが細工に興味を示して、勝手に解いてはならないと説得した日もあったんだぞ」

　直之介も霖五郎もいい大人だが、おもしろいものを見つけると、子供のように目を輝かせる。

筆子たちは二言三言、相談をすると、存外あっさりとあきらめた。

「だったら、ひとまずおいらが預かる」

「銀児、勝手に開けるんじゃねえぞ。この玉手箱は、おいらたちみんなのものなんだからな」

「わかってる。次のときを楽しみにしてる」

久助と良彦と淳平は店の表に出ると、「競争だ！」と言って、人混みの中をぱっと駆け去ってしまった。出遅れた将太は頭を掻いた。体の大きな将太では、人の間を縫っていく三人に追いつくことはできまい。

「まったく、今日は振り回されてしまったな」

銀児は将太を見上げた。

「怒ってる？」

「いや、怒ってはいない。ただ、驚いたし、不甲斐なくはあるな。声を出すなと言われたのをいいことに、結局、何も言えなかった。何か言ったほうがよかった気もするんだが……」

歯切れの悪いことをもごもごと口の中で転がしていると、丙三が出てきた。

「ああ、皆さんお帰りで」

「長らくお邪魔しました。筆子たちがうるさくありませんでしたか？」

丙三は、にぃっと笑った。

「大丈夫ですよ。あの庵は造りがしっかりしていて、戸の表で聞き耳を立てているんでない限り、中の声は聞こえやしないんです」

「だったら、まあ、いいのかな」

「ええ、旦那さまやおかみさんもいらっしゃらないし、何の問題もありませんとも」

丙三が笑うのを見たのはこれが初めてだな、と思った。笑っても、どうにも陰がある。

絵師の修業に苦労しているのだろうか、と将太は勘繰《かんぐ》った。京で親しくしていた絵師の卵たちの中に、そういう笑い方しかできなくなった人がいたのだ。その人はしばらくして、急に姿が見えなくなった。

いや、不吉なことを思い返すのはよそう。将太はそっと嘆息した。

「では、俺もお暇《いとま》します。銀児、また明日な」

将太は帰路に就いた。

道すがら、煮炊《にた》きの匂いが鼻をくすぐった。将太は空腹を感じた。

「くたびれたなあ……」

妙な疲れ方をしてしまった。

もしも春画を持ってきたのが霖五郎だったら、将太の気持ちの動き方も違っただろう。真っ昼間から何なんだ、と咎《とが》めるようなことを言いながらも、つい笑ってしまったのではないか。

春画というのは元来、何とも言えないおかしみがある。それはきっと、秘め事を知ってしまいたいという、人がもともと持ち合わせる願望と合致するからだ。

ゆえに、のぞき見という構図が用いられたりもする。のぞいているのは、絵を見る人自身であったり、絵の中に描かれた猫や子供であったりと、趣向はさまざまだ。

しかし、いかんせん、秘密の春画を隠し持つ仲間として、筆子たちから同列の扱いを受けたとあっては、困惑するよりほかにない。

「まったく、いたずら者の久助や良彦や、俺を子供扱いしたがる淳平はまだしも、銀児が中心になって俺に玉手箱の番を押しつけるとは。俺をからかうのがそんなにおもしろいのか」

独り言《ひとご》ちながら、ふと引っかかった。

思わず足を止める。

「おもしろがるために、俺に玉手箱を任せたのか？」

銀児が玉手箱を将太に託したとき、琢馬がそばにいた。得体の知れないところのある次郎吉もだ。

あの二人は玉手箱の中身を知っていたのではないか。わざわざ銀児が玉手箱を将太に託したのにも、何かわけがあったのでは？

虫の知らせのようなものを感じた。

「何だろう？　しかし、どうも不安だ」

将太は引き返した。曼葉堂を目指して足を早める。

果たして、銀児はまだ店先にいた。帳場のそばに立って、茂兵衛と何かしゃべっていた。

「銀児！」

駆け戻ってきた将太に、銀児は首をかしげた。

「どうしたの？　忘れ物？」

「いや、その、玉……ええと、忘れ物をしたかもしれない。もう一度、絵描き小屋に入らせてもらっていいか？」

店じまいのため、手代が二人、慌ただしく片づけをしている。丙三はいない。入ったばかりの下《した》っ端《ぱ》なら、店先の掃除などをしていそうなものだが。

銀児は将太を手招きした。

「行こう」

玉手箱の件だと察したようだ。

裏庭に至り、周囲に誰もいないことを確かめると、将太は銀児に告げた。

「やはり俺が玉手箱を預かるほうがいいんじゃないか？　銀児たちが話し合って、そういうことでまとまったんだろう？」

「うん。琢馬さんがね、それがいいって言ったの。玉手箱が餌《えさ》になるかもしれないからって」

「餌だと？」

「おいらのすぐそばに悪いやつがいるみたいなの。餌をちらつかせれば、そいつが尻尾を出すかも……」

しれない、と続くはずだった言葉を、銀児は途切れさせた。

絵描き小屋の中で、どすん、ばたん、と大きな物音がしたのだ。

将太は、ぱっと動いた。銀児を追い越し、絵描き小屋の戸を開け放つ。

中には男が二人いた。小柄な男がもう一人を畳に押さえつけているのだ。

「よう。ちっと遅かったな。こそ泥なら、手前がやっつけちまったぜ」

浅黒い肌をした小粋《こいき》な男前が、にっと笑った。

「次郎吉さん！」

「おうよ」

次郎吉に取り押さえられた男は、将太と銀児を目にするや顔を歪《ゆが》め、「ちくしょう」と呻いた。

「これは一体どういうことなんだ？」

「何でい、わかってて戻ってきたわけじゃなかったのか」

次郎吉が縛り上げているのは、丙三である。

銀児は畳の上に転がった玉手箱を拾い、ほっとした顔で微笑んだ。

「よかった。この仕掛けは淳平とおいらにしか解けないけれど、叩き壊されたらおしまいだもの」

次郎吉は肩と膝の埃を払った。

「梁の上はさすがに埃がたまってるなあ。今度、手前か掃除しといてやるよ」

将太は、あっと声を上げた。

「なんだ、蝙蝠というのは、次郎吉さんのことだったのか」

「おや、気づかれたかと思ったが、見えてなかったかい」

「まさか人がいるとは考えもしなかったので。いや、それより、どういうことなんですか？　鼠小僧の件は？　もう、わけがわかりません」

銀児と次郎吉は目を見交わして、噴き出した。

次郎吉が言った。

「話してやるからよ、勇源堂で待っといてくんな。まずはこのこそ泥を、番頭の爺さんに突き出さねえとな。ああ、ふん縛ったのは将太先生のお手柄ってことにしてくれや。あとは頼んだぜ」

言うが早いか、次郎吉は柱に取りつき、するすると上っていってしまった。何とも喰えない男だ。

縛られた丙三を担いで店まで連れていくと、番頭の茂兵衛もほかの手代も驚いて声を上げた。しかし、「やはり」とも言った。

「やはりというのは？」

茂兵衛は気まずそうに声を落とした。

「売り物ではない絵を盗まれ、勝手に売り飛ばされることが相次いでおったのです。たとえば、葛飾北斎先生の落書きや下書き、反故にしたものなどですよ。手代の誰かであろうと睨んではおりましたが」

銀児が将太の袖を引いた。耳を貸して、というそぶりをするので屈んでやる。

「玉手箱の中に入ってる墨絵もそうなの。北斎先生がおいらの手本に描いてくれた走り書きの裏が、たまたまあの絵だった」

墨絵というのは、姫と従者の絵のことだろう。格が違うと感じていたが、まさか北斎の落書きだったとは。

「丙三はあの墨絵のような絵を見つけては盗み、売っていた。そういうことか」

「うん。絵は、絵師が完成だと認めたときが完成なんだ。落書きや反故は、身近な人の間で見るぶんにはともかくとして、世に出すのは駄目。絵師の心と反している。いけないやり方で稼いだお金がいくらになったのか知らないし、どうでもいい。ただ、そんなことをする人は、絵師になってはいけない」

銀児はゆっくりと言葉を選んで告げた。

丙三はうつむいている。首や顎のあたりの強張《こわば》りを見るに、怒りの形相《ぎょうそう》を浮かべていることだろう。

「逆恨《さかうら》みだな」

将太は言った。

丙三にとって銀児の言葉が憎らしいものと聞こえるなら、それは単なる逆恨みに過ぎない。銀児は才にあふれている。それを妬む気持ちを抱いてしまうのも、わからなくはないが。

銀児が将太の背中を押した。

「帰っていいよ、将太先生。ここはもう、曼葉堂のみんなで片をつけるから」

茂兵衛が深々と頭を下げた。

「ありがとうございます。下手をしたら、銀児坊ちゃまが危うい目に遭わされるところでした。お礼は、旦那さまやおかみさんが戻ってから、必ずいたします」

将太は、ぎこちなさを自覚しながら笑ってみせた。

「お礼など、お気遣いなく。筆子を守るのは師匠の務めですから。まあ、どうにも格好のつかない日でしたが」

「格好のつかない日、とは？」

「あ、いや……やっぱり、もう少し手伝いますよ。体を鍛《きた》えていない者でも、自棄を起こすと、とんでもない力を出したりしますから。なあ、銀児。ちょっと挽《ばん》回《かい》させてくれ」

頭を掻き掻き申し出れば、銀児はあどけないような顔でにっこり笑ってうなずいた。

五

縛り上げられ、屈強な将太に見張られながらも、丙三は恨みがましい目をぎらぎらさせ続けていた。呪ってやる、などと口走ってもいたのだ。

銀児の母が出先から戻り、てきぱきと丙三の罪を数え上げて紙に書き連ねた。茂兵衛が近くの自身番《じしんばん》から目明かしを連れてきて、ことのあらましを伝えた。それでようやく、将太も安心して帰路に就くことができた。

勇源堂の戸を開くと、次郎吉が上がり框《かまち》に座っていた。

「遅かったじゃねえか」

「目明かしの親分に引き継ぐまで見届けてきたんです。丙三さんが逆上したりなどすれば、曼葉堂の奉公人だけでは危ないと思ったので」

「ま、火事場の馬鹿力ってやつは、確かに侮《あなど》れねえな。うん、銀の字を守ってくれて、ありがとよ」

「銀児は俺の筆子ですから、守るのは当然です。しかし次郎吉さん、あなたこそ、銀児とどんな間柄なんですか？　なぜあのとき梁の上から見張っていたんです？」

次郎吉は肩をすくめた。

「尋ねるなら一つずつにしてくれや。まず、銀の字と手前の間柄はな、簡単に言やあ、友達だ」

「友達？　いつ、どうやって知り合ったんです？」

「手前は尾花の旦那とつるんでる。尾花の旦那は銀の字を贔屓にしてる。尾花の旦那を真ん中に、どういうわけか、気づいたときには仲良くなっちまってた。友達ってのは、そういうもんだろ？」

納得できるようで、いまひとつわからない。

将太が口を挟まないので、次郎吉が続けた。

「で、昼間、梁の上から見張ってた理由だが、身を隠しながら見守るのに都合がよかったからだ。絵描き部屋は、ほかに隠れる場所がねえだろ？」

「見張っていたのは、丙三さんが盗みを働くことを予期してのことですか？」

「当たり前だろ。先月はまだ丙三かどうか判然《はんぜん》としなかったが、今日はもうわかってたね」

「狙いが銀児の持つ北斎先生の落書きだということも？」

「ああ。丙三の野郎、銀の字がいないときに小屋の中を探ったりもしていたしな。ませがきどもの春画の会の間、あいつが小屋の外で聞き耳を立てていやがるのも見えていた」

やはりそうか、と思った。次郎吉は、まさに盗みを働いているところを捕らえるために、丙三を泳がせていたのだ。

正月一日に銀児に将太へ玉手箱を託させたのも、丙三を筆頭とする疑わしき手代たちにその場を見せるためだったのだろう。玉手箱は本物の宝であると同時に囮《おとり》でもあり、将太はその番人を務めていたのだ。

「俺に玉手箱を持たせようという策を立てたのは、次郎吉さんだったんですか？」

「いや、誰かひとりの策じゃなく、手前と銀の字と尾花の旦那で案を出し合ったってところかな。芯となったのは、尾花の旦那だね」

「琢馬さんですか。しかし、あなたたちは一体、何者なんです？　次郎吉さんが本物の鼠小僧なんでしょう？　だったら、鼠小僧がつかまったというからくりはどうなっているんですか？」

「そう立て続けに問うなってば。案外せっかちだな」

「わからないことだらけなんです。ちゃんと教えてください。このままでは頭がごちゃごちゃで、考えが回らない」

次郎吉は、やれやれと頭を振ると、一本ずつ指を立てながら言った。

「一つ、つかまった鼠小僧は手前じゃあない。二つ、しかし鼠小僧の名はあの偽物にくれてやった。三つ、だから今の手前は新しい名を名乗ることにした。四つ、その名は手前ひとりのもんじゃあなく、尾花の旦那と銀の字がいてこそのものだ」

話を咀嚼《そしゃく》して呑み込む。また疑問がわいてくる。

「銀児も？　まだ本元服も迎えていない子供ですよ」

「いや、子供と甘く見ちゃ駄目だ。手前の変化《へんげ》を一発で見破ったのは、銀の字だけだった」

「銀児が次郎吉さんの……いや、鼠小僧の正体を見破ったということですか？」

「ああ。うっかりしたんだよなあ。耳の形は一人ひとり違う。いわば、名札みたいなもんだ。だから手前は手ぬぐいで隠してることが多いんだが、どういうわけか、あの子には見られちまってね」

　将太は嘆息した。

「耳の形か。確かに銀児なら一目で覚えるでしょう。銀児は聡《さと》いんです。俺なんかよりずっと」

「あの子の聡さは武器にもなる。だが、危うさをも持っている。見えすぎる目は、悪いやつに狙われる。だから、手前と尾花の旦那で守るのさ。その代わり、手前らもあの子に守ってもらう」

　次郎吉は草履《ぞうり》を脱いで畳に上がった。天神机《てんじんづくえ》の間を踊るように、音もなく弾みながら進んでいく。

「なるほど、事情はだんだんわかってきたが、いや、でも、なぜ俺なんかにそこまで話してくれるんです？」

「なに、安心してくれ。手前は今後一切、ただの盗みはやらねえよ。博打もやめた。盗みや博打よりももっと楽しいことと、あの二人と一緒にいりゃあ出会えるんでね。手前らは、蝙蝠だ。蝙蝠小僧の一党だ」

「蝙蝠小僧？　鼠の次は蝙蝠と名乗るんですか？」

「いいだろう？　蝙蝠は福を招く縁起物だ。世の中の暗い闇を見通して、颯爽《さっそう》と飛んでいくのさ。曼葉堂を悩ませていた、北斎の落書き泥棒をやっつけたのが、蝙蝠一党の最初の仕事だったってことになるかな。うん、悪くねえ」

「それでまた瓦版をにぎわせると？」

将太の問いに、次郎吉は答えなかった。床の間《とこのま》の前で立ち止まり、つま先でとんとんと足下をつつく。

「なあ、ここ、探ってみな」

「急に何なんです？」

「おまえさんたち、誰も気づいてないようだが、この半畳《はんじょう》ぶんの畳の下に小さな蔵があるぜ。玉手箱の隠し場所、ここでどうだい？」

「蔵だって？」

「来てみろ。畳のへりに指をかけて、引っ張ってみな」

将太は半信半疑で、次郎吉のそばへ行って、半分の広さの畳を剝《は》がしてみた。取っ手のついた落とし戸がそこにある。

「ほ、本当だ……」

落とし戸を開けると、ごく小さなものではあるが、蔵と呼べそうな箱が床下に据えられている。

子供の頃から通ってきたこの庵に、こんな仕掛けがあったとは知らなかった。箱には何も入っていないので、前にここを預かっていた勇実も、その前の源三郎も、きっと気づいていなかったのだろう。

ふと顔を上げると、次郎吉はすでにいなくなっていた。


玉手箱の一件の翌々日のことだ。

銀児と久助と良彦と淳平が、やたらと朝早くに勇源堂にやって来た。庭で朝稽古をしていた将太は、四人の事情を聞かされている。というよりも、またしても仲間として扱われている。

「将太先生、ほら、さっさと来いよ」

久助と良彦に両腕をつかまえられて連行される。訝《いぶか》しむ龍治に笑ってごまかしながら、勇源堂の戸を開けてやった。

前日のうちに、玉手箱について、新たな取り決めが交わされていた。

「玉手箱の新しい隠し場所は、勇源堂の床の間のそばの隠し蔵にしよう」

善は急げということで、早速、皆で集まって玉手箱を収める運びとなったのだ。

「灯台下暗《とうだいもと》しってやつだね」

「うん。誰も気づかねえだろ」

筆子たちはご満悦《まんえつ》だった。

しかし、将太だけがうまくいかなかった。玉手箱のことがつい気になってしまい、何となくその上を踏むのを避けようとする。それで足並みが乱れ、つまずきそうになる。

昼餉の直前、将太はとうとう足を滑らせて、尻もちをついてしまった。

「ちょっと、将太さん。何もないところで転ぶなんて、どうしたのよ？」

千紘が呆れて腰に手を当てた。ほかの筆子たちもくすくすと笑っている。何も知らない千紘のちょうど足の下に、玉手箱はある。

久助と良彦がにまにましながら小突き合った。銀児は目をぱちぱちさせ、ふわっと笑った。淳平は下を向いてごまかしているが、肩をくつくつ震わせている。

将太は、かぁっと熱くなってきた顔を手のひらで覆った。

「すまない。ちょっと疲れているみたいだ。頭を冷やしてきていいか？」

「そう。仕方ないわね。将太さんだけじゃなく、皆もひとまずこのあたりで、お昼の休みにしましょうか」

千紘が言い渡すと、筆子たちは、わぁっと歓声を上げた。

第三話　花は桜木

一

本所相生町《ほんじょあいおいちょう》三丁目の浅原直之介の屋敷は、いつも来客が多い。

と言っても、堅苦しい客ではない。

勇源堂の筆子たちが毎日のように遊びに行っている。直之介が多数揃えている黄表紙《きびょうし》や巻子本《かんすぼん》を当て込んでのことだ。

「子供との接し方など、一つもわからないんですがねぇ」

直之介はよくそんなことをぼやく。

ただ、もともと面倒見がよいたちのようで、自分が好きなおやつなどを多めに買っておいて、遊びに来た筆子たちに振る舞う。黄表紙に出てくる難しい言葉について尋ねられれば、丁寧に答えてやっている。

将太が見るに、筆子たちが直之介のことを慕うのは、変に子供扱いしないからだろう。

直之介の飄々《ひょうひょう》とした態度は、筆子たちに『南総里見八犬伝』の解説をするときと、将太や学問仲間たちと集まって話すときとで、さほど違いがない。

筆子らに振る舞うおやつも、菓子だけでなく、時に酒の肴《さかな》が交じっている。奈良《なら》漬《づ》け、粕《かす》漬《づ》け、塩辛になめろう。そうしたものを、たまたま手に入って気に入ったからと、筆子たちにも振る舞うのだ。

多少変わり種のおやつでもおもしろがる筆子たちだが、熟《な》れ鮨《ずし》のときはさすがに大騒ぎになった。

熟れ鮨というのは、魚と米と塩を長い間漬け込んで作るものだ。酸味があって塩辛く、何とも言えない滋味があるのだが、ものによっては、腐ったようなにおいもする。

同じ鮨でも、江戸では早鮨といって、酢飯に江戸前で獲れた魚を載せて握るのが普通だ。

将太は京にいた頃に熟れ鮨を食べたことがある。押し鮨や握り鮨のような早鮨が登場する前は、鮨と言えばすべて熟れ鮨だったという。そういう学びのために食べたのだが、においと酸味が気になって、ちょっと苦手だった。

直之介が熟れ鮨を振る舞った折は、一風変わったにおいと筆子たちの尋常ならぬ大騒ぎのために、千紘まで浅原家の様子を見に来た。そして話を聞いて呆れ果て、十以上も年上の直之介を筆子のように叱ったのだ。

「こんなに癖《くせ》のあるお料理は、子供の舌には早すぎます。おいしくいただくことができないなんて、作ってくださったかたに失礼でしょう？　おもしろ半分に子供に振る舞うものではありませんよ」

「いえ、おもしろ半分のつもりはなく……ああ、おもしろいと思ったのは事実ですが、皆さんが読んでいる『北方異聞録』の新しい巻に、旅暮らしの中で熟れ鮨を食う場面が出てくるのです。ちょっとした伝手《つて》で熟れ鮨をいただいて、私は気に入ったので、皆さんにもどうかと思い……」

さしもの直之介もしゅんとして、ぼそぼそと言い訳をしていた。

要するに、筆子たちの大好きな物語の中の英雄たちがうまそうに食べていた熟れ鮨を、筆子たちに振る舞ってやりたかったらしい。

沈着冷静なようでいて、おかしな騒ぎを起こしたりもする。そんな浅原直之介のことが、筆子たちは大好きなのだった。

三月初旬のその日の夕七つ半（午後五時頃）、橘《たちばな》朱之進《あけのしん》が浅原家を訪ねてきた。

「将太どのと約束しておりまして。何でも、拙者と算術の話をしたいという、実に奇特な少年がいるのだとか」

おとないを聞いて出迎えた将太は、ほっと息をついた。

「朱之進さん、来てくれてありがとうございます！」

「何を当然のことを。将太どのにお誘いいただいたのですから、むろん馳《は》せ参じますとも」

お追従《ついしょう》のようなことをさらりと言いながら、朱之進は薄く微笑んだ。

朱之進はたたずまいの美しい男だ。顔立ちも整っているが、それ以上に、触れれば切れんばかりに引き締まった気配と、それをまとって凛《りん》と立つ姿そのものが美しい。

勇源堂の女の子たちは「朱色の下緒《さげお》の君」などと呼んでいる。筆子の桐がたまさか出会って親切にしてもらったらしい。その折、刀の下緒と柄糸《つかいと》の鮮やかな朱色が、朱之進の印象として鮮烈に残ったのだとか。

座敷では、筆子の淳平が鯱《しゃちほこ》張《ば》って待っていた。

算術の達人である朱之進に会ってみたいと、淳平は以前から望んでいた。しかもその人が見目麗《みめうるわ》しいというので、年増の美女にも美男にも目がないと言ってのける淳平は、ますますもって緊張している。

今日の話は淳平のこれからの道に関わる、とても大事なことだ。そう告げると、朱之進としゃべってみたいと言っていたほかの筆子たちも納得して、淳平のために座敷を空けてくれた。

淳平は朱之進と向き合うと、折り目正しく頭を下げた。

「お初にお目にかかります。海野《うんの》淳平と申しますっ。このたびは、私のために足をお運びくださり、誠にありがとうございます!」

「面《おもて》を上げてください。そう畏《かしこ》まられても困りますよ。今日はお互い、好きなものの話をするだけではありませんか。算術、お好きなのでしょう?」

淳平は言われたとおりに顔を上げ、うなずいた。

「はい。算術は大好きです。だけど、母や姉にはからかわれるんですよ」

「何の役にも立たないとか、武家の子がやるのは卑《いや》しいとか?」

「いえ、卑しいとまでは言われません。叔父が才を買われて天文方に勤めているので」

「なるほど。それなりに理解があるということですね」

　こくりと首肯《しゅこう》した淳平は、きっと何度も稽古してきたのだろうとわかる口ぶりで、自分の才について語りだした。

「正直なところ、私は手習いがよくできるほうじゃないんです。物覚えが悪いというか、ささっと省いて覚えてしまいがちなんですよ。ただ、一言一句違わず覚えてはいないけれど、中身はちゃんとわかってるつもりなんです」

「しかし、手習いの素読《そどく》では、一言一句違わず諳《そら》んじなければ、前へ進ませてもらえない。落第続きとなってしまう。武家の手習いとは、そういうものですからね」

　淳平は、はい、とうなだれた。

「商家の子だったらよかったのに、と思うんです。そろばんは、見よう見真似であっさり覚えました。そろばんって便利ですよね。繰り返される数の美しさがそのままの形をとっていて、実に見事ですし」

　ほう、と朱之進が目を見張った。

「そろばんを美しいとおっしゃいますか」

「だって、きれいでしょう？」

「ええ、きれいですとも。あなたの言うとおり、武家の子の手習いにもそろばんや算額の教練があればよいのですがね」

同意を得たのが嬉しかったのか、淳平の舌が滑らかになった。

「朱之進さまもそろばんがおできになるんですね。算額もお好きだと、将太先生から聞きました」

「唯一と言ってよい道楽が、算額です。算術を用いた知恵遊びとでも言いましょうか。そういうものを、昔からなぜだか好んでおるのです。ほんの少し教わっただけで、難題とされる算額も、あっさり解けてしまった」

朱之進は、懐に差していた手帳から、きれいに折った紙を取り出した。紙を開くと、四角い枠を三掛ける三の九つに仕切った桝目が描かれている。九桝のうちの妙な位置に、二、八、という数が入っていた。

「方陣《ほうじん》、というものです。縦、横の数を足してすべて同じになるよう、桝に数を入れていく遊びですが」

「知ってます！」

淳平は目を輝かせた。

「解けますか？」

試すように朱之進が言って、将太にも目配せした。将太は少し驚いた。朱之進がいたずらっぽい笑みを浮かべていたのだ。朱之進さんもこんな顔もするのか。

淳平は目を見開いてまばたきもせず、方陣を見つめていた。呼吸を一つ、二つ、三つ。そして言った。

「解けました」

えっ、と将太は声を上げかけた。邪魔をしてはならないと思い、口をつぐむ。

朱之進が答えを促した。

「では、どうぞ。書きますか？」

矢立を差し出されるが、淳平はかぶりを振った。桝目を順繰りに指差し、答えていく。

「ここに七が入って、下が六です。隣の行は、上から九、五、一。最後は四、三、八です」

将太は啞然《あぜん》とした。今の短い間では、将太は問題を解けなかった。紙に書き込むことなく解けるとも思わない。直之介も目を丸くしているところを見ると、将太と同じだろう。

しかし、朱之進は存外そっけない態度でうなずいた。

「正解です。簡単すぎましたかな」

「九桝は易しいです。十六桝も、今みたいに、目で見てそのまま答えられます。前に八十一桝のを作ってみようとしたけれど、それはごちゃごちゃになってしまいました」

淳平は頭を掻いた。

朱之進はくすりと笑った。

「八十一桝もの方陣を作ってみようと考えつくこと自体、変わり者の所業ですよ」

淳平は、手習いの道具の中から、細工仕掛けの小箱を取り出した。玉手箱と似ているが、細長い形をしており、模様の入り方も異なっている。

「これ、例の叔父からもらったんです。囲碁の勝負で、手心を加えてはもらったんですが、初めて私が叔父に勝ったので、そのお祝いだと言って。寄木細工の仕掛けなんですけど、朱之進さま、解けます？」

朱之進は淳平から小箱を受け取った。まずぐるりと四周を見回し、蓋と底をじっと見つめる。

「正しい順序で仕掛けを解かねば開かぬ箱、ですか。何手で開きます？」

「七手です。同じような謎かけを解いたことがあるんですか？」

「似たようなものはありますが、さて」

朱之進は丁寧な手つきで模様に触れ、ごく軽く力を加えてみたり、小箱に目を近づけてみたりしていた。玉手箱をひと月も身近に置いていた将太にはわかるが、細工が実に精巧で、動くはずのところも継ぎ目はほとんど見えない。

ところが、朱之進は何か気づいた様子で、あっと小さな声を上げると、笑った。

「見えた」

えくぼのできる笑顔は、まるで少年のようだ。

朱之進は、迷いのない手つきで仕掛けを解き始めた。蓋の押さえとなっている細工が、順にずらされていく。そして、七手目で蓋が動いた。

おお、と将太は感嘆の声を上げた。淳平と直之介も、同じく唸っていた。

直之介が朱之進に尋ねた。

「見えた、とおっしゃいましたが、一体何が見えたんです？」

「言葉で表すのは難しい。強いて言えば、解くべき道筋、といったところですか。こういった細工箱や知恵の輪の類は、見ているうちにひらめくのです。解けなかったものは、今まで一つもありませぬな」

将太は先月のことを思い出し、顔を覆って呻いてしまった。きょとんとして見上げてくる淳平に苦言を呈する。

「世の中には朱之進さんみたいな人もいるんだぞ。俺が預かっていたあれも、朱之進さんが目にしていたら、あっさり開けられてしまったかもしれない」

「おお、それはそれでおもしろかったかも」

「おもしろくない！」

開けた小箱を手にした朱之進は、小首をかしげた。直之介にも、さすがにこの件は話していないので、探るような目を向けられる。

将太は、何でもないとごまかした。いや、ごまかしきれていないのは明白なので、いつかこの子に話させます、と淳平に役目を押しつけた。

朱之進は小箱を淳平に返した。

「中は空なのですな」

「はい。何を入れようかなと思って。筆入れとして使うには、手間がかかりすぎるでしょう？　もうちょっと特別なものを入れたいところですし。叔父は、簪《かんざし》でも入れて誰かに贈ればいいって言うんですけど」

「それはまた難儀な」

「でしょう？　算術好きの私を面倒がらず、且《か》つ謎解きつきの贈り物を喜んで受け取ってくれるおなごなんて、江戸じゅう探したっていないと思うんです。叔父は私を買いかぶりすぎなんですよ」

朱之進はくすりと笑った。

「ああ、そうだ。ちょっと失礼」

朱之進は一言断って、自分の右側に置いた刀を手に取った。黒漆塗りの鞘《さや》に、下緒と柄糸は朱色だ。鍔《つば》は、曼殊沙華《まんじゅしゃげ》の細かな透かし彫りが美しい。

「この細長い形の箱に入れるのは、こういったものでどうです？」

朱之進は愛刀から笄《こうがい》を抜いて、淳平の手にある小箱に収めてみせた。

「わあ、いいですね！」

「笄、小柄《こづか》、目貫《めぬき》という、刀の三所《みところ》物《もの》を収めるのにちょうどよいように見えたのでね」

「朱之進さまの笄は、鍔ともお揃いの曼殊沙華なんですね。小柄や目貫もそうですか？」

「ええ。柄頭や鞘尻の金物にも、曼殊沙華を彫らせてあります」

「洒落てる！　格好がいいなあ！」

淳平は弾んだ声を上げた。曼殊沙華が金細工であしらわれた笄をじっと見つめてから、朱之進に返す。

受け取った朱之進は、いとおしそうな目で刀を見つめながら、鞘に笄を挿した。

「刀が好きなのです。自分が身につける着物などより、刀の装いのほうが凝り甲斐があるのですよ」

「へえ。由緒ある刀なんですか？」

「若州《じゃくしゅう》（若狭国《わかさのくに》）の冬広《ふゆひろ》という刀匠《とうしょう》の手によるもので、戦国の世の頃、二百数十年から三百年ほど前に打たれたと極《きわ》められている刀です。古いと言えば古い。虎徹《こてつ》や国広《くにひろ》といった、新刀時代の刀匠が現れるより前の刀ですから」

刀道楽と言えるほどではない、と朱之進は謙遜《けんそん》するものの、なかなか詳しいのだ。矢島道場にも刀好きは幾人もいる。たとえば龍治もそうだが、朱之進と話したことはないはずだ。

引き合わせてみれば、話が合うのではないか。こうして淳平が目を輝かせて話に聞き入っているように、龍治も朱之進を気に入るのではないか。

朱之進は、将太の知らないことを知っている。物事に対して、将太とは違う感じ方をし、異なる見方で言葉を紡《つむ》ぐ。将太ではできないやり方で、淳平の期待に応えることができる。

ちくりと胸が痛んだ。

痛みの正体は、深く考えるまでもない。嫉妬《しっと》だ。

馴染みのある痛みである。千紘がきっちりと筆子たちをまとめてみせるときも、霖五郎が手習所を手伝ってくれるときも、その実、同じ痛みを感じているのだ。

何を馬鹿なことを、と思いもする。

この嫉妬こそ未熟の証《あかし》だ。ちくりちくりと痛みを感じる限り、たゆまず努力を続けていけばいい。

淳平は、初めの緊張もどこへやら、すっかり打ち解けた様子で朱之進に話しかけている。

「うちの叔父は、母の弟なんですけど、実は長男じゃないんです。母方の家を継いだ伯父は別にいて、天文方の叔父は、とにかく算術が得意な若者がいるっていうのが評判になって、お役に就けることになったんですよ」

「天文方や勘定方では、家柄をさておいて、そういう抜擢《ばってき》があると聞きますな。数を扱う力がなければ務まらぬお役ゆえに」

「そうみたいですね。その叔父が、私を養子にして天文方の見習いに就けることができる、と言ってきているんですよ」

「よい話ではありませぬか」

「初めは嬉しかったです。でも、どんどん不安になってきてしまって」

「不安、ですか」

「はい。だって、私は叔父の子供の頃みたいな秀才じゃなくて、算術や囲碁みたいな遊びだけが得意な半端者《はんぱもの》なので。それに、算術だって、いつまで得意と言い続けられるかわかりません。私と歳が近くて、私よりもっと算術が得意な人も、世の中にはきっといると思うんです」

天文方の役所に顔を出すようになれば、まわりは自分より算術ができる者ばかりだろう。まだ若い淳平には伸びしろがあるはずだが、年を経るごとにそうも言っていられなくなる。未熟だと信じていたけれども実はただの非才だった、などと突きつけられたら、どうすればいいのか。

淳平はそれが怖いのだ。

朱之進も、言わずもがな理解したようで、目を伏せた。まつげの影が頬に落ちた。

「好きで得意なことを仕事にするのも、酷《こく》な道やもしれぬ。拙者は天文方などのお役には就けぬ家柄ゆえ、算術を勤めに用いる道をうらやんだこともあり申したが、道楽は道楽のまま、気ままに続けるほうが幸せなのか」

淳平はうなずいた。

「考えれば考えるほど、気弱になってしまうんです。でも、海野家は兄が継ぐんですよ。私が叔父のところに行けば、収まりがいい。くよくよ悩んで逃げるものでもないな、というのはわかってるんですが……」

贅沢《ぜいたく》な悩みだと感じる者も少なくあるまい。朱之進もそう言い放つのではないか、と将太はひそかに思っていた。

だが、朱之進は淳平の言葉に直接は答えず、手帳を開いて淳平に示した。

「気の利いた算額の問題を見つけるたびに、こうして記録しておるのです。解けますか？」

複雑な形をした田畑の広さを求めよ、という問題だ。

のぞき込んだ直之介が、ふむ、と顎を撫でた。

「算額にはよくある型の問いですが、ここまで面倒くさい形はさすがに珍しい」

「うまく切り分けて場所を置き換えてやれば勘定しやすくなる、という類ですよね？」

将太が確かめると、直之介は「さあ？」と首をかしげ、朱之進はうっすらと微笑んだ。

淳平は、じっと手帳を見つめながら膝の上で指を動かしている。架空の算木を使って問題を解き進めているのだろう。

その手が、はたと止まる。

「あ、待って、違う。ここだけじゃない。こっちにもう一本、線を引いて補ったらいいんだ。何だ、すっきりした」

淳平は図の二点を指差し、それぞれに線を引く仕草をした。

朱之進がにっこり微笑んだ。

「勘がいい。ということは、形を使った知恵比べの算額は、大抵解けましょうな。見事です。この算額をこれほど素早く解いたのは、拙者のほかにはあなただけですよ」

「いやぁ、でも、今のはまぐれかもしれません。いろいろ試しているうちに、たまたま見えたんですよ。でも、解き始めたときは本当にごちゃごちゃで、色が混ざってて。難しい算額は全部そんなふうなんですけど」

朱之進が、はっと目を見張った。

「色、ですか？」

「色というか、光って見えるというか。えっと、昔、姉に『何言ってんの』って呆れられたので、人前では言わないようにしてきたんですけど、私は、数に色がついているように見えるんです。囲碁も、白黒だけじゃなくて、陣地に色が見えることがあって……」

淳平が皆まで言わないうちに、朱之進は淳平の手を握り、その肩を叩いて笑いだした。

「ああ、こんなことがあるのか！　そうか、数が色づいて見えるのだな！」

「朱之進さま⁉」

「案ずるな、淳平どの。あなたの才はきっと本物です。拙者も同じですよ」

今度は淳平が息を呑み、目を見張った。

「朱之進さまも、数や碁盤に色や光が見えるんですか？」

「見えますとも。先ほどこの小箱の仕掛けを解いたときも、光に導かれるように感じました。誤りのある暦《こよみ》や帳尻の合わない帳簿など、べったりと濁《にご》った色で埋め尽くされている。ああいうものは気持ち悪くて仕方がない」

「あっ、わかります！　数の勘定が間違っていると、気持ち悪いからすぐ気づくんです」

そのとき、捨て鐘の鳴るのが聞こえた。

暮れ六つ（午後六時頃）が近づいている。

朱之進は、ふと夢から醒めたように、弾ませていた声を落ち着けた。

「いつの間にやら、これほど話していたとは。筆子たちは暮れ六つ頃には家路に就かせたい、と将太どのが言っておりましたな。そろそろでしょう。拙者もお暇《いとま》しなければ」

淳平がしょんぼりするのがわかった。

「そうですよね。朱之進さまは、確か市ケ谷《いちがや》からいらっしゃってるんですよね。あまり長居をしていては、帰りが遅くなりますね」

朱之進がちらりと将太を見た。その目が戸惑いを帯びているように感じられた。

将太は、場を取り持つつもりで朱之進に言ってみた。

「淳平はよく叔父上から難しいお題を与えられているようなんです。『南総里見八犬伝』のときは、直先生が読み解いてくれました。もし複雑な算術のお題を出されて太刀打ちできなかったら、朱之進さんを頼っていいでしょうか？」

朱之進は伏し目がちにうなずいた。

「かまいませんよ」

淳平は、ぱっと顔を輝かせた。

「ありがとうございます！　ぜひ、またお話しさせてください！」

将太は朱之進とともに、淳平を屋敷まで送っていった。その間、淳平のおしゃべりはずっとやまなかった。別れ際にも、淳平は朱之進に、必ずまたお話ししましょうね、と念を押した。

肩を並べて通りを歩きながら、朱之進がぽつりと言った。

「手習いの師匠というのは、大変でしょうな」

「子供の勢いって、すごいでしょう？　いつもあんなふうですよ。淳平がはしゃいでしまって、申し訳ない。やかましく感じたんじゃないですか？」

「いや、やかましいというよりも……」

言いよどんだ朱之進の横顔を見やる。考え込んでいるような横顔だ。

「淳平は、ませて生意気なところもあって、なぜだか本質を見抜くようなことを言ったり、調子に乗せられて本音を言わされてしまったりで、どきりとさせられます。でも、まわりのことをよく見ていて素直で、かわいいんですよ」

「ああ……なるほど」

「よかったら、たまに話をしてやってください。今日のような、方陣や算額の話なんていうのは、俺にはできませんから」

「そうですな。次は本の話もしたいと言っていた。手習いの仲間が皆、気に入っているという本だそうですが」

「ああ、『北方異聞録』ですね。確かにおもしろいんですよ」

「蝦夷地《えぞち》を旅する話、でしたか。先日はその物語の英雄たちにならって、北国で作られた熟れ鮨まで食べてみたのだとか。しかし将太どの、その『北方異聞録』とやら、子供らに読ませては危ういのでは？」

将太は眉をひそめた。

「危ういとは？」

「北方は今、露国《ろこく》との睨み合いで張り詰めている」

「露国……ロシアですか」

「ええ。蝦夷地の北の海を挟んだ向こう側に巨大な国土を持つという、露国。日の本各地の近海に露国の商船や軍船が姿を見せることもあると聞きます」

「露国との睨み合いそのものは、俺たちが生まれた頃にはすでに始まっていたでしょう？　文化《ぶんか》の頃には長崎で露国人との会談がおこなわれて、結局は要求を突き返したそうですが」

「突き返した後、蝦夷地の松前藩《まつまえはん》領が露国の軍人に襲撃されました。その折は大きな戦にならなんだが、近頃再び、きなくさくなってきておるそうです。露国に日の本との境を侵されるのではないか、と」

「そ、そんな……」

「異国船への警戒を呼びかけるお触れが近々出ると、城勤めの旗本の間ではすでに知らせが回ってきております。近海に異国船の姿を見かけたら大筒《おおづつ》を撃ってでも追い払え、と命じるお触れとのこと」

知らなかった。江戸で安穏と暮らしているぶんには、異国との睨み合いの気配など、微塵《みじん》も感じる機会がないのだ。

「なるほど。そういうことなら、蝦夷地や露国の噂には気をつけておきます」

「子供らが異聞を、うつつとは異なる絵空事の旅を楽しむぶんには、まだ問題なかろうと思いますが、時勢がいつ変わるかわからぬのでな。念のため、忠告しておきますよ」

「ありがとうございます。朱之進さんに気に掛けてもらえて、あいつらも嬉しいことでしょう」

そうですか、と朱之進は静かに言った。わずかな間、沈黙が落ちた。

朱之進は顔を上げた。

「ええ。また本所には遊びに来ますよ。次は理世どのともお話ししたい」

将太はきょとんとした。

「理世、ですか？」

朱之進は、また少し沈黙していた後、うっすらと微笑んだ。

「長崎の話を聞かせてもらいたいと思いましてな。我が屋敷にいくつか、長崎ゆかりの品があるのですよ。昔、父が長崎に関わるお役を担っていたもので」

「ああ、そうだったんですか！　奇遇だなあ。理世に伝えておきます。今日は、明日のための支度があるから顔を出せないと残念がっていました」

「明日、何かあるのですか？」

将太は、顔が引きつってしまわないよう気をつけながら、できる限りのさらりとした口調で答えた。

「諸星家の杢之丞さんが花見に誘ってくれているんです。杢之丞さんというのは、理世の許婚《いいなずけ》になるかもしれない人で、俺は初めてお会いするので、楽しみなんですよ」

「ほう、花見ですか。どちらで？」

「上野《うえの》です。清水観音堂《きよみずかんのんどう》の桜は言わずもがな、とても有名ですが、実は俺も行ったことがなくて。長崎育ちの理世も、江戸の名所はまだまだ十分に回っていないからというので、お誘いいただいたんです」

朱之進の目に西日が映り込み、きらりと輝いた。

「明日、拙者もひょっとすると上野に行くことになるやもしれぬのですが、将太どのたちはいつ頃に？」

「夕方になります。手習いが終わってからという約束ですから」

「ああ、ならば拙者とも似たようなものだ。会えるやもしれませぬ。人出は多いことでしょうが」

「会えたらいいですね。きっと理世も喜びますよ」

朱之進とは両国橋《りようごくばし》のたもとで別れた。背筋の伸びた後ろ姿は、たちまち人混みに紛れて見えなくなった。

二

仕立て上がったばかりの振袖の、しつけ糸を解いていく。それから姿見《すがたみ》の前に立ち、身にまとってみる。

理世は、姿見に映る己と目を合わせ、そっと息をついた。

女中のカツ江が腰紐《こしひも》を結んで、理世に問うた。

「お苦しくはありませんか?」

「大丈夫。ありがとう」

「理世お嬢さまは明るいお色もお似合いになりますけれど、はっきりと濃い紫色も素敵でございますね。お顔色がぱっと映えて、可憐《かれん》でいらっしゃいます」

母の君恵がうなずいた。君恵みずから、明日の理世の装いを選んでくれるというのだ。反物と帯は芦名屋から買ったものだ。櫛や簪も、芦名屋による選りすぐりの品だった。

「芦名屋さまからは淡い色味の反物も勧められたのですけれど、きりりと引き締まった今紫《いまむらさき》のほうが理世らしくて美しいと思ったのですよ。桜の花の淡い色と引き立て合うでしょう。さて、帯はどれがいいかしら」

君恵は、四本も並べてある帯を順に手に取って、きびきびと合わせていく。

明日の花見は気楽な場としたい、というのが李之丞からの提案だった。ゆえに、両家の親は顔を出さない。理世は将太を連れていくし、李之丞も兄の才右衛《さいえ》門《もん》とその許婚を連れてくるという。

豪勢な料理茶屋で肩の凝る食事をするのでもない。桜の名所として江戸みやげの絵にも描かれている上野清水の桜を見ながら歩いて、近くの茶屋で甘味を食べる。それだけだ。

気楽にとは言うものの、李之丞と顔を合わせたところで、何を話せばよいのだろう？

明日の装いも、なかなか決まらずにいる。今紫の新しい振袖をおろすかどうかというところから、理世は君恵とともに悩んだのだ。

もっと親しい相手と出掛けるならば、あの人はきっとこういう色柄のものを身につけるから、などと予測して、それに合いそうな装いを選べるのだが。

外はすでに暗くなりかけている。将太から、朱之進が本所に遊びに来るので一緒にどうか、と誘ってもらっていたのだが、このぶんでは間に合わない。

朱之進のことは、どちらかと言うと苦手だ。何を考えているのかわからない。

でも、あの人も将太の学問仲間の一人だ。学問談義は難しくてついていけないことがあるものの、今まで知らなかったことを教わったり、世の中の当たり前とは違った考え方に触れたりするのは、とても楽しい。

兄さまと話したい、と思った。素直な言葉で語るときの兄さまと、ゆっくり話したい。

剣術の師匠である龍治の前では、将太は甘えを見せる。幼いままであろうとするかのように、自分で考えることをやめてしまう。

手習いの筆子たちの前では、正しくあろうとする。ずるいところや弱いところを隠して、自分を極端に厳しく律してしまう。

将太がいちばん素直になるのは、学問仲間の中にいるときではないか、と理世は感じる。直之介の屋敷で、楽しいと感じるものを素直に語っているとき、将太は実に生き生きして正直だ。

もっと素直な言葉を見せてくれるのは、少し前までは、理世と交互に書く日記の中だった。

それが最近、そうでもない。将太は悩んでいるそぶりを見せながら、その悩みを理世に相談してくれなくなった。そもそも、日記がだんだん間遠《まどお》になってきた。

理世はつい、ため息をついた。

「疲れましたか、理世？　それとも、明日のことが憂鬱《ゆううつ》なのかしら？」

君恵の問いに、理世は慌ててかぶりを振った。

「平気です。疲れたわけでもないし、憂鬱だなんてとんでもない。明日のお花見は楽しみです」

「でも、何か気がかりなことがあるのではない？　心ここにあらずといった様子ですよ」

姿見越しに君恵と目が合った。

君恵は、用人の長谷川桐兵衛《はせがわとうべえ》の手を借りつつ、医家である大平家の内証《ないしょう》や仕入れを取り仕切っている。また、薬種問屋との取り引きや患家《かんか》との付き合いなどの外向きのことは君恵が担っている。

察しがよく頭が切れる君恵に、嘘や隠し事は通じない。誠実でない振る舞いをすれば、手厳しく指摘される。

理世は率直に言った。

「わたしが気になっているのは、将太兄上さまのことです。近頃はふさぎ込むことが多いみたいで、心配なんです。ああ、でも、将太兄上さまはもともとお屋敷ではあんな調子なので、母上さまの目にはあまり違うようには見えないかもしれませんけれど」

大平家の門をくぐると、途端に将太は貝になる。

去年の八月に長兄丞庵《じょうあん》の息子である卯之松《うのまつ》が勇源堂に通い始めたのをきっかけに、将太も少しずつ屋敷で口を開くようにもなってきた。それでも、矢島家や直之介のもとでのびのびと過ごしている姿とは雲泥の差だ。

君恵とカツ江が目を見交わした。

カツ江は古くから将太の世話をしてきた女中だ。実の母の君恵以上に、将太をそばで見てきたという。

君恵が言った。

「将太は芦名屋のおれんさんと手紙のやり取りをするようになって、戸惑っているみたいですね。おれんさんは難しい人ですもの。歯に衣《きぬ》着せぬ言い方をしてしまえば、丞庵も臣次郎もおれんさんには手を焼いていたのです」

おれんの手紙に返事を書くために、将太は時をかけ、知恵を絞っている。そのぶん理世との日記が減った。はっきり言って理世にはそれが恨めしい。

やきもちだ、というのはわかっている。

相手がおれんでないならばよかったのかもしれない。もっと優しい人だったら、理世は素直に応援できたのではないか。あまりに不甲斐ないと見放されてしまいますよ、と将太を焚きつけて、二人をくっつけてやれたかもしれない。

だが、もしもの話をいくら重ねても、意味のないことだ。

理世には、将太とおれんの仲を見守るよりほかにできることなどない。

「おれんさんは、きれいな人ですよね。傷つきやすくて危なっかしいけれど、それは、一途《いちず》なことの裏返しにも思えます。きっと、悪い人ではないのだわ。そうでなかったら、将太兄上さまがあんなに気に掛けることもないと思うんです」

自分に説き聞かせるつもりで言ってみる。

君恵が鏡の中の理世に告げた。

「将太は、どんなふうに手や目をかければよいのか、わからない子でした。それゆえ、家族の手や目の届かないところで育った。血のつながらない人たちに育ててもらった。本当に立派に育ってくれたと思います。それでも、将太はどこか大人になりきれていない。理世もそう感じることがあるでしょう？」

「はい。優しすぎて、そのぶん怖がりです。まるで子供みたいだと思ってしまうことがあります」

「わたくしは後悔しているのです。時を戻してやり直せるなら、幼い頃の将太とじっくり向き合いたい。医家の内証を取り仕切る仕事など、代わりを探せば、うまくこなせる者がいたはずです。でも、将太の母はわたくしひとり。なのに、わたくしはあの子のために何もしなかった」

自分の中で幾度も繰り返してきた言葉であるに相違なかった。後悔していると言い、もしもの話をしながらも、君恵の口調は常と同じくきびきびとして、今からでもその道が採れるかのようにさえ感じられる。

だが、時は戻らない。幼い頃に家族から目と手をかけてもらえなかった将太の心は、今でも大平家の大きな屋敷に怯《おび》え、硬く縮こまってしまうばかりだ。

鏡越しに、君恵が理世に微笑みかけた。

「理世、あなたが我が家に来てくれて、屋敷の中が明るくなりました。丞庵が初《はつ》乃《の》さんと話すようになり、卯之松と顔を合わせるために仕事を早く切り上げるようになった。初乃さんは聡い人だわ。丞庵に、卯之松が幼いのは今だけなのだと訴えたのですって」

「わたしも、義姉上《あねうえ》さまからうかがいました」

「きっかけをつくってくれたのは理世でしょう？　感謝しますよ。丞庵は、わたわたくしのような後悔を抱かずに済むでしょう。いつか卯之松が大きくなったとき、幼い頃の卯之松のことを自分の言葉で語って聞かせることができるはず」

奥さま、とカツ江が心配げに呼んだ。理世も、母に自分を責めてほしくなかった。

「母上さまのお気持ちが、ちゃんと将太兄上さまに伝わりますように」

「ええ。将太がこの母に、なぜ俺を遠ざけ続けたんだとぶつかってきてくれる日が来ることを、わたくしも望んでいます。そして、あの子の心を支えてくれる人が現れたらよい。そんな人と生涯をともに過ごしてくれればよいとも望んでいるのです」

おれんがその相手となってくれるだろうか。別の誰かがこの先、将太のそばに現れるのだろうか。

思い描けば描くほど、理世の気分は沈んでしまう。

だからこそ、理世は明るい笑顔を取り繕った。

「母上さま、やっぱりこちらの帯も合わせてみていいでしょうか？」

一人になりたくなくて、着物に悩むふりを続けてしまう。

行灯に明かりを入れなければならない刻限になって、ようやく明日の装いが決まった。

帯は、散る桜の模様が刺繡《ししゅう》されたものを選んだ。花見の着物の柄は、季節をいくらか先取りするのが洒落ているのだ。

今紫の振袖は夕闇のよう。散る桜柄の帯と合わせると、儚《はかな》い夜桜を思わせる。

「母上さま、わたし、この装いが気に入りました。特にこの帯が好きです」

散って地に落ちた桜の花びらは、たちまち踏まれ、無残に汚れてしまう。帯の中に閉じ込められた模様ならば、ずっときらきらと美しいままだ。

三

駕籠を降りた理世は、改めて周囲を見回して、ほうと息をついた。

錦絵《にしきえ》で見て人づてに聞いていたとおりの景色が、そこにある。

上野は江戸の鬼門に当たる。そこに建てられた寛永寺《かんえいじ》は、徳川《とくがわ》将軍家の菩提寺《ぼだいじ》であると同時に、鬼門を封ずる鎮護《ちんご》の役目も果たしているという。江戸の中心かいくぶん離れているが、門前町はにぎやかに栄えている。

高台にある寛永寺境内《けいだい》の桜は、道すがら、遠目にもちらちらと見えていた。山門のそばに至ってみれば、こちらは五分咲き、あちらは満開、向こうの日当たりのいいところは散り始めと、さまざまな様相がいちどきに揃っている。

「すごい人出ね。江戸は本当に人がたくさんいるんだわ」

「ここはとりわけ人出が多そうだ。理世、くたびれたら、早めに言うんだぞ。休める場所を探すから」

「ありがとう、兄上さま。でも、平気です」

笑顔をつくってみせれば、そうか、と将太も微笑んだ。

馴染みの駕籠かきは、早々に客をつかまえて駆け去った。理世も将太のようにここまで歩いてよかったのだが、家の体面があるからと駕籠に乗せられたのだ。

吾平が将太の後ろに控えている。こたびの付き人は、気心の知れた吾平ひとりだ。上質な振袖を身にまとったお嬢さまが兄とともにお出掛けをするにしては、身軽なものである。

母は出掛けるぎりぎりまで、もう一人二人つけるべきか考えあぐねていた。

大平家は、身分は御家人ながら裕福で高名な医家という微妙な立場だ。君恵は何某《なにがし》かの席が設けられるにつけ、相手方の格式との釣り合いに頭を悩ませている。

「兄上さまとお出掛けするのは久しぶりね」

「うん。だが、今日もさほどゆっくりできないな。すまない」

手習いをお開きにした後でも間に合う、夕七つ（午後四時頃）が、待ち合わせの刻限である。李之丞のほうからそう申し出てくれたのだ。

将太は、夕七つからではろくに花見もできないだろう、自分のことは気にしなくてよいと遠慮していた。だが、李之丞はぜひとも将太と会って話したいから と、夕七つの待ち合わせで押し通した。

西日が傾き始めた頃合いとなっても、寛永寺の山門前はかなりの人出である。

「この人混みで、ちゃんと会えるかしら？」

理世は心配になったが、問題なかった。李之丞たちがすぐにこちらを見つけてくれたのだ。

「り、理世どの！」

思いがけず大きな声で名を呼んで、李之丞が駆け寄ってきた。後ろに才右衛門と、その腕にしなだれかかっている女の姿もある。

駆けつけた杢之丞に、理世はにっこり微笑んでみせた。

「お久しぶりでございます。もしや、捜していただいたのではありません？」

杢之丞はかぶりを振った。

「私たちも今しがた着いたばかりです。将太どののお姿がすぐ目に入ってきたので、迷うこともなくこちらに向かってまいりました」

「ああ、俺が役に立ちましたか。よかった。こういうときは、人より頭ひとつ大きくて嵩張《かさば》る俺がいると、とても便利なんです」

将太は朗《ほが》らかに笑い、改めて杢之丞に名乗ってあいさつをした。杢之丞もあいさつを返し、心苦しそうに付け加える。

「理世どのと大平家の皆さまには大変なご無礼を働いたにもかかわらず、こうしてお付き合いを続けていただけていること、誠にかたじけなく感じております」

「いや、こちらこそ。杢之丞さんは理世のことできちんと心を砕いてくださっている。その誠意、理世の兄として大変嬉しく感じています。これからもどうぞよろしくお願い申し上げます」

将太はそつのない態度で口上を述べた。

理世が杢之丞と顔を合わせるのは二度目だが、手紙は幾度も交わしていた。おずおずと微笑む杢之丞は、初めて会ったときよりはずいぶん落ち着いている。将太に対しても、さほど気後れするふうではない。

いかにも純朴でまじめそうなたたずまい。いくぶん顎の出っ張った、少しいかつくて地味な顔立ち。控えめに従っている吾平にも会釈をしてくれた。旗本の嫡男でありながら、杢之丞は丁寧で腰が低い。

その控えめな印象を好ましいものと、理世は感じている。派手で華やかで美々しいのはむしろ苦手なのだ、と痛感したことと表裏一体だ。

駆け寄ってきた杢之丞に対し、その兄の才右衛門はのたりのたりと歩いてきた。女が才右衛門の腕にしなだれかかっているせいもあろうが、目元の赤みを見るに、酒に酔ってもいるようだ。

「お久しぶりだねえ、理世さん。相変わらず可憐だ。それでいて、きりりとした色味の着物もよく似合うんだねえ。さながら、夜桜の精といったところかな。とても美しいよ」

光源氏《ひかるげんじ》か在原業平《ありわらのなりひら》のごとき美男子が、とろけるような笑みを浮かべている。声もまた甘く、歌うようによく響く。おかげで、才右衛門が口を開いただけで周囲がざわついた。

「お久しぶりでございます」

理世もあいさつを返したが、我ながら声が硬い。一度ならず二度までも、才右衛門に付きまとわれて嫌な思いをしたのだ。見目が多少よいだけでは打ち消してやれないくらい、才右衛門のことが苦手だった。

将太が理世の隣でぐっと拳を固め、静かな怒気を漂わせた。吾平は咳払いをして、物見高い周囲の人々に牽制《けんせい》のまなざしを走らせた。

李之丞が軽く腕を横に伸ばして、才右衛門を己の後ろに押し留めた。

「兄上」

咎《とが》める響きのこもった一声だ。くどくどと言われずとも、才右衛門はうなずいた。

「わかっているよ。愛らしい理世さんは、優秀なおまえの許婚だ。お似合いだと、私は思っているよ」

「その言い方も失礼です。正式な縁談を申し込んだわけではないのですから」

「じゃ、今すぐここで約束してしまえばいい。大勢が見守っていてくれる。格好の場じゃないか！」

才右衛門は芝居がかった仕草で腕を広げた。杢之丞は顔を赤くして、かぶりを振った。

気まずい無言の時が流れる。

理世は笑みを繕って、才右衛門の傍らの女に声を掛けた。

「あなたが才右衛門さまの許婚になられるのだそうですね。おめでとうございます。わたしは理世と申します。よろしくお願いします」

女は、じぃっと理世を見つめていた。

化粧が濃く、今紫色の着物は襟ぐりを広く開けて着崩しているが、何となくちぐはぐだ。お堅い武家育ちの娘が好いた男の気を惹くため、無理に派手な格好をしている。そんな感じがする。

女は名乗った。

「鹿島由良《かしまゆら》でございます」

不機嫌を隠そうともしない。

才右衛門が由良の頬に手を添え、その顔をのぞき込んだ。

「どうしたのかな、私のかわいい人？　仏頂面《ぶっちょうづら》などするものではないよ。由良は笑ったほうが美人なのだから」

「本気でおっしゃっていますの？　あちらのかたを夜桜の精などと誉《ほ》めそやしておきながら？　わたくしには一言も、そんなふうには言ってくださらなかったのに」

由良は横目で理世を睨むと、才右衛門の腕の中で泳ぐように、くるりと背を向けてみせた。

今紫色の着物には、袖と裾に、はらはらと散る桜の花びらが描かれている。理世は思わず、ああ、と声を漏らした。

近づいてくる由良の着物を目にしたときから、しまった、と感じていた。着物の色味がそっくりなのだ。しかも、散る桜を柄に取り入れているとなると、ますます似通った装いということになる。

「あ、あの……」

理世は口を開いた。何か言うべきだ。が、何を言うべきなのか。

才右衛門が由良の着物の袖を手に取り、桜の花びらを目に留めた。おお、と感心したような声を上げる。

「ここにも桜吹雪《さくらふぶき》が舞っているじゃないか。ごめんねえ、由良。ほろ酔い気分だったもので、うっかりしていた。あなたのかわいい顔ばかりに目を奪われていたよ」

とろんとした目を微笑ませ、才右衛門は由良に顔を近づけた。そのまま口を吸ってしまうのではないか、という近さである。周囲の人々も気づいたようで、どよめきが起こった。

理世は顔を背けた。衆目《しゅうもく》の中で武家の男女がすべき振る舞いではない。あんな人が許婚だったかもしれないのだと思うと、背筋がぞわぞわしてくる。

李之丞が才右衛門を咎めるのが聞こえた。

「兄上、そういうことは自分の部屋でやってください」

「お堅いなあ、李之丞は」

「兄上が軟らかすぎるだけです。そんなふうでは、また母上から謹慎《きんしん》を言い渡されますよ」

「外に出られなくなるのは困るなあ。わかったよ。おとなしくするし、ちゃんと案内の役も果たそう。今日は李之丞と理世さんのための花見だからね」

「い、いや、その、花見は皆で楽しめばよいと思いますが……」

理世やほかの者に対しては控えめな李之丞だが、六つ歳の離れた兄にだけは遠慮のない言葉をぶつけている。才右衛門も弟のお小言をうるさがるでもなく、ちゃんと聞き入れている。

兄弟仲がよいのだわ、と理世は見て取った。驚きである。李之丞の言葉が才右衛門に届いていることにも驚いた。前に才右衛門と話したとき、理世がどれほど訴えても会話が噛み合わなかったのだ。

才右衛門が山門のほうを指し示した。

「それじゃあ、行こう。ぐるっと境内を見て回ってから、門前の茶屋で桜餅を食べよう。向島《むこうじま》の長命寺《ちようめいじ》門前の山本《やまもと》やが発祥《はつしよう》だというけれど、上野の桜餅もなかなかうまいんだ。理世さんは、桜餅は好きかい？」

「嫌いではありませんが」

「ほう、それじゃあ、どんな菓子が好き？　きんつばと饅頭《まんじゆう》だったら、どちらがいい？」

「きんつばです。表面のおもしろい歯ざわりと、素直な甘さが好きで」

「期待していてごらん。私のお気に入りの茶屋は、きんつばもおいしいから。それに、何よりね、看板娘がとてもかわいらしい人なんだ。皆にも紹介するよ」

鼻唄交じりの才右衛門が、由良とともに歩きだす。

その後ろ姿を見やりながら、李之丞は小声で理世と将太に打ち明けた。

「理世どのと将太どのを花見にお誘いしたのは、兄が助言してくれたおかげなのです。私は季節ごとの名所も流行りものもわからぬので、どうしたものかと悩んでいたら、見かねた兄が知恵を貸してくれて」

将太がため息をつくように笑った。

「もしも俺が杢之丞さんの立場でも、きっと同じですね。自分では花の名所などわからない。次兄が、こういうことは任せろと張り切って、口出ししてきそうです」

「次兄というと、臣次郎どのですか」

「そうです。お話ししたことがありましたか？」

「いえ、お噂だけ」

理世は将太の言葉に付け加えた。

「確かに臣次郎兄上さまなら、知恵を授けてくれそうです。いちばん上の丞庵兄上さまは、杢之丞さまと同じようにまじめで、物見遊山《ものみゆさん》によい場所はあまり知らないと言っていました」

才右衛門が振り向いた。

「皆、何をしているの？　早くおいでよ。はぐれてしまうよ」

ずば抜けた美形の才右衛門がこちらに声を掛け、腕を差し伸べると、人垣が割れた。この美男子の連れはどんな連中なのか、と言わんばかりのまなざしが向けられる。

才右衛門のほうへ歩きだしながら、李之丞が苦笑した。

「兄とともに出掛けると、どこへ行ってもこんなふうなのです。周囲から興味津々の目を向けられたり、会話に聞き耳を立てられたり。嫌な思いをさせることもあるかもしれません。面目ない」

「李之丞さまが謝ることではありませんよ。それに、李之丞さまは少し嫌な思いをすることがあっても、才右衛門さまとお出掛けするのが楽しいのでしょう？」

「ええ。困った兄ではありますが、振り回されるのもなかなか愉快で」

「でしたら、わたしも、今日はきっと楽しい気持ちになれますね」

理世の言葉に李之丞はうなずき、はにかむ様子でそのまま顔を伏せた。

四

寛永寺の清水堂は、京の東山《ひがしやま》にある清水寺《きよみずでら》の本堂を模《も》して建てられている。懸造《かけづく》りという、木材を格子に組んで支える技法によって、崖《がけ》からせり出すような格好で檜舞台《ひのきぶたい》が造られているのだ。桜花に囲まれた檜舞台には、読経《どきょう》する僧の姿がある。

「清水寺か。まあ、そうだなあ」

将太が清水堂を見上げて首をかしげた。吾平が応じた。

「似せてはるのはわかりますけれども、そっくりいうわけではありまへんな」

「立地が違うんだから仕方がない。清水寺の建つ音羽山《おとわやま》は、恐ろしいくらいの断崖だった。こちらはもっと緩やかだな」

「違った趣《おもむき》があります。江戸の名所もなかなかええもんですなあ」

理世の少し先を歩く将太と吾平は、江戸の景色を見ながら京の話をしている。

杢之丞は理世の後ろを歩いている。先頭の才右衛門は、由良がしきりに話しかけるのに応じてやるばかりで、こちらを振り向かない。

境内のあちこちで、桜の木の下に茣蓙《ござ》を広げてくつろぐ人々の姿がある。お寺の境内にもかかわらず、酒を飲んでいる者もいる。

理世は振り向いて、杢之丞に尋ねた。

「杢之丞さまも寛永寺は初めてなのですか？」

「あ、いいえ。桜の頃は初めてですが、さほど人が多くない時季には何度か来たことがあります」

「でしたら、退屈なのではありません？　わたしは初めての場所だから、あれこれ見て、飽きないけれど」

李之丞は少し目を見張り、それから、その目を泳がせた。

「退屈などと、そんなことはありません。こう見えても浮かれております。理世どのと顔を合わせ、出歩くことができるだけで、胸がいっぱいなのです。おかげで気の利いた話もできず、面目ない」

訥々《とつとつ》とした語り口ではあったが、理世の耳にはしっかりと届いた。李之丞の声は存外よく通るのだ。

将太も、李之丞の言葉が聞こえたらしく、ちらりと振り向いた。

気まずい、と理世は思った。後ろめたい。いたたまれない。李之丞が何を思っていてもかまわないが、なぜ将太のいるところで言葉にするのか。

いや、李之丞は何も意図していないのだろう。そんな余裕もないと言わんばかりの真っ赤な顔をうつむけている。

ぐるりと境内を一周して、再び山門が見えてきた頃である。

吾平が声を上げた。

「朱之進さまやないですか！」

意外な名に、理世は前に向き直った。

朱之進の姿が人波の中にあった。こちらに気づいている様子で、ぐんぐんと近づいてくる。

鍛えている武士の足は速い。朱之進はあっという間に才右衛門と由良とすれ違い、こちらに至った。お互い立ち止まる。

朱之進は微笑んだ。

「今日は上野で花見だとうかがっておりましたが、まさか本当に会えるとは思っておらなんだ」

才右衛門と由良が足を止め、振り向いて朱之進のほうを見た。

将太は嬉しそうだ。昨日も話が弾んだらしい。

「昨日に続いて今日も朱之進どのと会えるとは！」

「ええ。奇遇ですね」

朱之進は理世に会釈し、その後ろに立つ李之丞に目を向けた。

将太が仲立ちとなって、学問仲間であり算術の名手、橘朱之進を、李之丞に紹介した。杢之丞は礼儀に則《のっと》った礼をしつつも、怪訝そうな目をした。

「橘さま、ですか……」

朱之進の顔をじっと見据えている。

人見知りをしてしまう、と手紙に書いていた杢之丞は、確かに人の顔をまっすぐ見ることがあまりない。だが、朱之進に対しては違う。人見知りの性質を上回るほどに怪訝、ということか。

朱之進は平然として、杢之丞を見返した。

「初めてお会いしたはずですが、拙者が何か」

「いえ……私の勘違いでしょう。失礼しました」

才右衛門が由良を片腕にぶら下げたような格好で、こちらに合流した。

「そちらは、将太さんの友達かい。これから桜餅を食べに行くんだ。一緒にどうかな？　ご覧のとおり、武家のきょうだいが二組、気楽な花見をしているところだよ」

朱之進はにこやかに応じた。

「ぜひ、お供させていただきたい」

目的の茶屋には、才右衛門があらかじめ知らせを入れてあったらしい。老夫婦が営む、こぢんまりとした茶屋だ。

才右衛門は先頭に立って暖簾をくぐりながら、皆に言った。

「ここは、おしづ茶屋《ぢゃや》と呼ばれていてね。桜餅もほかの菓子もうまいし、庭もきれいだ。それに、何と言っても、看板娘が素敵だろう? おしづさんというんだ」

才右衛門が肩を抱き寄せるようにして紹介したのは、前掛け姿の老婆である。背中は少し曲がっているが、いかにも働き者の様子で、足腰はしゃんとしている。

おしづは皺だらけの顔をますますくしゃくしゃにして笑った。

「嫌ですよ、まったく。才右衛門さまはいつも年寄りをからかうんですから」

「おや、私は嘘などついていないよ。おしづさんはかわいらしいし、着こなしも粋なんだ」

面食らっていた理世だが、おしづの着こなしと聞いて、ぽんと手を打った。

「本当、とても粋でいらっしゃるのですね。差し色の赤がお洒落です」

渋い色味の着物の襟と裾に、ちらりと赤がのぞいているのだ。おしづはまた嬉しそうに笑い、ありがとうございますとお辞儀をした。

才右衛門は勝手知ったる様子で店を突っ切り、裏庭へと皆を案内した。

小さいながらも整えられた裏庭は、ほっと落ち着く風情だった。遊山客の喧騒から切り離されている。青々とした枝垂《しだ》れ柳《やなぎ》が見事だ。垣根の向こうには、箱庭のように、清水堂と桜が見えた。

もともと床几《しょうぎ》が三つ置かれていたが、朱之進が加わったので、一つ増やしたほうがよさそうだ。おしづの夫で、真っ白な髷を結った佐兵衛《さへえ》が店に引っ込んでいく。

「少々お待ちを。すぐ支度をしますんで」

将太がすかさず佐兵衛の後を追った。

「力仕事なら俺に任せてください。床几でも何でも運びますよ」

「あ、ほんなら手前もお手伝いします」

「では、私も」

吾平と李之丞も将太に続いた。

理世は、人の好い三人の様子に少し笑った。朱之進は理世の傍らに留まっている。ちらりと見上げると、目が合った。

「杢之丞どのというお人は、誠実そうですね」

「はい。とてもまじめで、わたしのことをよく気遣ってくださいます」

「しかし、素直すぎるのはいかがなものか。将太どのにも言えることですが、あの様子では、もしも悪意を持つ者に狙われたら、あっさりと権謀術数《けんぼうじゅっすう》の餌食《えじき》となるでしょうな。そういう意味では、実に頼りない」

唐突な批判は、ごく低く小さな声で紡がれていた。才右衛門や由良、おしづには聞こえなかったはずだ。

理世も声をひそめた。

「朱之進さま、どういう意味です？　権謀術数の餌食だなんて」

「諸星家は大番《おおばん》家筋で、四百五十石取りでしたか。出世争いもありましょうな。が、より難しいのは大平家のほうだ。無役の御家人でありながら、大店のごとく裕福で、大身旗本顔負けの大きな屋敷を構えている。支持する者が多ければ多いほど、妬む者もまた多くおりましょう」

「なぜそんなことをわたしにおっしゃるのですか？」

朱之進は、まっすぐに理世に向き直った。端整な顔に笑みはない。怒っているのかと思われるほど、引き締まって厳しい顔つきをしている。

だが、理世は少しも恐ろしく感じなかった。笑っているときの朱之進のほうが不気味だからだ。

朱之進は理世の目を見て告げた。

「理世どの、おまえさまが両家の弱みとなりかねぬ。浅はかな者の手によって潰されたりなどせぬよう、したたかであれ。あのお人好したちが必ずおまえさまを守ってくれるとは限らぬのだ」

すべてを見透かして予言するかのような朱之進に、理世は眉をひそめた。

「朱之進さまは、わたしの知らないわたし自身のことを、何かご存じなのですか？」

理世の生い立ちには、謎というほどでもないが、理世自身があずかり知れぬことがいくつかある。血のつながった父の顔を知らない。長崎で父と呼んでいた人は養父だった。

実の父は、江戸から長崎へ一年間だけ遣わされてきた旗本だったという。江戸で暮らすうちに、もしやその人と顔を合わせてしまうのではないか、という見込みもないわけではない。

朱之進は理世に答えず、才右衛門のほうへ目を向けた。

床几に掛けた才右衛門は、のんびりと枝垂れ柳を眺めている。しなだれかかってくる由良の腰に腕を回し、抱き寄せていた。

朱之進が才右衛門に言った。

「もとは才右衛門どのが理世どのの縁組の相手だったとうかがいました。その縁談を反故にしたため、理世どのは危うく路頭に迷うところだった、と」

静かな口調だが、切りつけるような鋭さがあった。たった今まで理世に向けていた厳しさとは別種のものだ。

才右衛門はのほほんと応じた。

「その節は理世さんに悪いことをしたなあ。大平家が裕福で、しかもしっかりとした考えを持った家でよかったたね。さもなきゃ苦界《くがい》に沈むしかなかったかもしれない」

理世は小首をかしげた。くがい、と聞こえたが、馴染みのない言葉だ。江戸の言葉は長崎のそれと抑揚が違うので、いまだにうまく聞き取れないことがある。

朱之進の気配が、なおいっそう、ぴりりと尖った。

「理世どのとの縁談を反故にして、そちらの娘御と縁づくおつもりか？」

「由良のことは両親にも紹介してあるよ。良家のお嬢さまなのに、幼い頃からの許婚を捨ててまで、私を選んでくれた人だからね。無下《むげ》にはできない」

「なるほど」

「まあ、いろいろあって、私は嫡男ではなくなったからね。若隠居として、由良とのんびり暮らすのも悪くないでしょう。旗本としての面倒な務めは全部、有能な弟に任せるよ」

「ほう。しかし、そちらの娘御はそう思っておらぬようにも見受けられますが？」

由良が理世を睨んでいる。才右衛門の腕にしがみつきながら、焼き殺そうとするかのようなまなざしを理世に向けているのだ。

才右衛門は、しかし、へらっと笑った。

「おなごのかわいい嫉妬だよ。私は素直なたちで、由良がこうして隣にいてさえ、おなごと見れば口説《くど》いてしまう。愛らしい人を見れば愛らしいと誉めるし、素敵な人には素敵だと、美人には美人だと言ってしまう。由良にとっては、おもしろくないよねえ？」

才右衛門は由良の頭を撫でてやった。とろけんばかりの笑みは相変わらずだ。

何を考えているのかわからないと思っていたが、単に何も考えていないのかもしれない。

由良は、才右衛門に頭を撫でられても、おとなしくなだめられるつもりはないようだった。口は開かないものの、理世への敵意を隠そうとしない。

理世は目をそらした。気づかないふり、気にしないふりをするほうがいい。

「おぉい、ちょっとどいてくれ」

将太が軽々と床几を運んできた。将太と李之丞が床几を並べ直す。おしづが茶の用意を整え、吾平が佐兵衛を手伝って、桜餅やきんつば、饅頭などを運んでくる。

誰がどこに座るかでちょっと話し合い、ようやく席に落ち着いた。吾平は立ったままでいいと恐縮したが、将太が隣に座らせた。

理世は李之丞と同じ床几に腰を下ろした。が、李之丞が理世からなるたけ離れた隅に座ってしまったので、別の床几に一人で腰掛けた朱之進のほうが理世から近いくらいだ。

才右衛門が呆れている。

「李之丞、またそんなに張り詰めた顔をして。理世さんが困ってしまうよ」

「わ、わかっている」

先ほどまで、歩きながらぽつぽつと言葉を交わすことができたのに、隣同士で腰掛けるというのは勝手が違うらしい。

そのうち慣れてくれるだろう、と理世は思い、李之丞とは逆のほうに身を乗り出した。小声で告げる。

「朱之進さま」

「何です？」

「さっき、縁談のことで怒ってくださって、ありがとうございます」

才右衛門が理世との縁談を反故にした経緯について確かめたときのことだ。朱之進が真っ当なことを言ってくれたので、意外に思いつつも、理世は嬉しかった。

朱之進はそっけなく答えた。

「拙者、だらしない男を好かぬだけで、おまえさまのためというつもりは別段ありませんでしたが」

「それでもです。わたし、江戸のお武家さまは、長崎の町人の娘なんて見下しているのだろうと初めは思っていたんですよ。でも、兄上さまたちはそうじゃなかった。朱之進さまも怒ってくださった。そのことにほっとしました」

朱之進は理世を見た。そして、ふっと笑った。

「何のことやら。桜餅につられて来てしまったついでですよ」

朱之進はそう言って、桜餅を頬張《ほおば》った。珍しく乱暴な仕草だった。口いっぱいに桜餅が入っているからもうしゃべることはできない、と示しているようにも思われた。

理世は桜餅を黒文字《くろもじ》で切って、口に運んだ。

「あ、おいしい」

ほんのりと塩味のする桜の葉と、控えめな甘さの小豆餡《あずきあん》。

江戸の味だ。この町の菓子の甘みでは物足りなく感じていたのに、今の一口は、素直においしいと感じられた。

第四話　あやめも知らぬ

一

杢之丞に誘われて上野へ花見に行って以来、将太が前にも増して忙しそうだ。

理世は、自分自身が恨めしい。

「なしてあげんこつ、言ってしもうたとやろ……」

お国訛《なま》りでつぶやく相手は、黒猫のナクトだ。

ナクトは今、気分が乗っているようで、猫じゃらしを揺らしてやれば、素直にじゃれついて遊んでくれる。

「ナクトは気ままで、よかよね」

花の季節の弥生《やよい》の間、将太はしょっちゅう、おれんに呼び出されていた。

きっかけは、将太が理世や杢之丞たちと一緒に上野の桜を見に行ったのを、おれんが知ったことだった。花見の翌日、そのことを何気なく手紙に書いたら芦名屋まで呼び出され、なぜ自分も誘ってくれなかったのか、と責められたという。

芦名屋から帰ってきた将太は、ほとほと困り果てていた。夜、屋敷に戻ってから、理世のところへ相談に来たくらいだ。

「もう過ぎたことなのに、何度謝っても、おれんさんは繰り返し俺を責めるばかりなんだ。なぜ呼んでくれなかったのか、と。学問仲間も一緒に楽しんだのなら、自分が行ったってよかったはずだ、と」

将太は言葉をそのまま受け取ってしまう。だが、おれんがほしい答えは「ごめん」でも「もう過ぎたことだ」でもあるまい。

理世は、おれんの言葉を解きほぐして将太に伝えた。

「兄さまが改めて誘ってあげたらいいんじゃない？　おれんさんが悔しがる気持ち、わたしにもわかるもの。上野の桜は、今が見頃でしょう？　今を逃したら、一年も待たないといけないのよ」

「俺がそう申し出るだけで、おれんさんは赦《ゆる》してくれるか？　あの人は本当に危なっかしいんだ。すぐに自分自身を蔑《ないがし》ろにしようとする。あたしなんかいなくてもいいんだって、今日も何度言わせてしまったことか」

「だったらなおさら、急いでお誘いするのがいいでしょうね。昨日見て回ったとおりに境内を一周して、お茶屋さんで桜餅を食べて、おれんさんを家まで送ってあげて」

「同じことをするだけでいいんだろうか？」

「さあ？　どう感じるかは、おれんさん次第だわ。同じだから満足するか、同じじゃ嫌だと言うか、わたしにはわからない。でも、兄さまがお花見に誘うだけで、おれんさんは喜んでくれると思う。そこから先は、兄さまが自分で判断するのよ。手習いと違って、人を喜ばせる方法は一辺倒《いっぺんとう》に諳《そら》んじればよいというものではないのだから、兄さまが自分で考えなきゃ」

胸がちくちくするのを我慢しながら、笑ってそう助言した。

将太は律義に理世の助言に従った。おれんはひとまず満足した。

そして、おれんは次の約束を将太に取りつけた。花は見頃が短いのだから今しかない、と言われれば、将太も納得して「そうだな」と応じるしかなかった。

次は向島の桜、それから亀戸の藤、はたまた染井《そめい》のつつじ。会うたびに、おれんは別れ際に必ず次の約束を持ち出してくる。

将太はすっかり戸惑って、ほとんど毎度、理世のもとに相談に来る。

「花を単なる口実にしている、というわけでもないみたいなんだ。花を見ることそのものは、本当に好きみたいで。大店のお嬢さんなのに、自分で土いじりをしてみたいとも言ったりしてな」

将太はうつむいて、ぼそぼそと言った。

おれんと二人で出掛けることがこうも立て続けになると、すっかり噂になっている。将太自身が道場の仲間から「どうなってるんだ」と訊かれるだけではない。臣次郎の話では、往診先でその噂の真偽を尋ねられたこともあるという。

いや、二人で出掛けるといっても、芦名屋の者が必ず近くに控えている。大抵は手代の新吉が目を光らせている。だからおかしなことは何もしていない、というのが将太の言だ。

ナクトが鉤尻尾《かぎしっぽ》をゆらゆらさせて、かすれた声で「にゃあ」と鳴いた。理世の手が止まっているのに文句を言ったのだ。

「ああもう、歯痒《はがい》か」

理世はナクトをつかまえて、ぎゅっと胸に抱きしめた。つやつやの毛並みに鼻をこすりつける。

何がこんなに腹立たしいのだろう？　気が気でないのはなぜだろう？

おれんは美人だ。死に装束のような白い着物ばかり身にまとう変わり者だが、それが似合ってしまうという、妖しい魅力がある。

それに、きれいな字を書く人だ。理世の書く字は豪快で子供っぽいが、おれんの手蹟《しゅせき》は大人びて美しい。うらやましいと思ってしまった。

しかも、大店のお嬢さまだ。死に装束まがいの白い着物も、うっとりするほど上質な絹だった。将太がおれんにもらったという財布もやはり上質な錦で作られていた。

放っておけない雰囲気を持つ、美人のお嬢さま。そんな人にぞっこんに惚れられれば、男は得意な気持ちになってもおかしくないだろう。

けれども。

「兄さまはずっと困っとらす。沈んだ顔ばっかり」

それはなぜなのか。

おれんを嫌っているとか、疎《うと》んじているとか、理由がはっきりしているならい。以前の臣次郎のようにあからさまに面倒くさがっていれば、君恵や臣次郎がてこ入れをして、将太をおれんから引き離すだろう。

将太は喜んでいない。でも、突き放しもしない。ただただ困惑している。

だから、理世はやきもきさせられる。

ひょっとしたら、おれんもそうなのかもしれない。やきもきして、いても立ってもいられなくて、続けざまに将太を呼び出して、応じてくれるかどうかを試している。

「にゃーん」

ナクトが恨みがましく鳴いた。しばらく黙ってされるがままになっていたが、そろそろいい加減にしろ、ということらしい。

にゅるんと溶けるように身をよじると、ナクトは理世の腕から逃れて床に降り立った。お気に入りのビードロの深鉢に入って丸くなり、目を閉じる。

「もう、こん薄情者！」

理世に文句を言われても、どこ吹く風だ。

透き通ったビードロの深鉢に、黒くつやつやした毛並みが押し当てられている。鉢を抱えて下からのぞき込めば、桃色のぷくぷくとした足の裏が見える。

そんな様子がおもしろくて、理世はつい笑ってしまう。この深鉢は秀逸だ。ほんの少しではあっても、気晴らしになる。

「杢之丞さまに改めてお礼ば言わんば」

上野の花見の後、またお会いしましょうという礼儀正しい手紙を受け取って以来、顔を合わせてはいない。今度は理世のほうから、次はここに遊山に出掛けてみたいとでも言ってみるのがいいのだろうか。

すでに四月。暦の上では夏に入っている。

今年はすでにいくぶん暑い。春の花は名残もとどめず、見られなくなってしまった。

「季節のお花ねえ」

将太とおれんは、次はどこへ、どんな花を見に出掛けるのだろうか。

理世の考え事は結局、同じところをぐるぐるしてしまう。自分の縁談のことよりも、将太とおれんの仲のほうが気になってしまう。

「どうして……」

つぶやいてはみるものの、それ以上は考えない。

答えなど、出したくない。

二

「花菖蒲《はなしょうぶ》を見に行きましょう、と、おれんさんが言っている。おりよや杢之丞さんを誘いたいらしい」

将太に告げられたのは四月も半ばになった頃だ。

夕刻、おれんと出掛けてきた帰りがけだという将太と、理世はちょうど門前で鉢合わせした。理世は、これから夜通し患家に詰めるという臣次郎を見送ったところだった。

屋敷に入れば、両親や長兄一家、奉公人の目や耳がある。将太はそれが気になるらしい。立ち話のほうがましだと言うので、理世は吾平に一言告げて、将太とともに門を出た。

といっても、大平家の広い敷地の外を一周するだけだ。気ままな足取りで歩く理世の後ろを、将太がゆっくりとついてくる。

「兄さま、手習いの具合はどう？　ぼんやりしているのではない？」

肩越しに振り向いて、訊いてみる。

近頃、理世は習い事などで日中の都合がつかず、勇源堂に昼餉を届けに行くのを吾平に任せっきりにしている。手習いの後は将太が慌ただしくおれんのもとへ出掛けてしまうため、兄のいない矢島家に遊びに行くのは気が引ける。

将太は、思いがけない問いだったのか、きょとんとして目をしばたたいた。

「手習いか？」

「千紘さんや筆子の皆さんとは、今までと変わらず、うまくやれているの？　心配されたりしていない？」

「そうだなあ。へまをやらかしてはいないつもりだが、淳平や桐は気を回してくれているな。あの二人は、武家の生まれで長男ではない立場というのを、いろいろわかっているから」

「やっぱり、ぼーっとしているんでしょう」

「そうかもしれない。でも、師匠として使い物にならないくらい駄目なときがあっても、千紘さんや寅吉さんが手を貸してくれる。俺の調子の良し悪しは、朝稽古に付き合ってくれる龍治先生が真っ先に察してくれるしな。助けてもらえるから、どうにかなっている」

心身の調子は剣筋に如実《にょじつ》に表れるらしい。素振りをするだけでも、気持ちよく決まるときとそうでないときがある。

理世も薙刀の稽古を続けているので、そのあたりの勘も養われてきた。だから、むしろ調子を落としているのは理世自身だということにも気づいている。

「そうね。兄さまは信頼できる人たちに囲まれているから、大丈夫よね」

あたりはもう薄暗い。

長く伸びていたはずの影も、いつしか夕闇に溶けて見えなくなった。歩幅の違う足音を二つ連ねて、理世と将太は歩いていく。

昼間は汗ばむほどだったが、日が落ちた今、風は冷えている。若葉の匂いが風に乗ってかすかに香っている。

将太が呻くような声を上げ、それから、改めて理世に告げた。

「おれんさんからの誘いだ。おりよと杢之丞さんも一緒に花菖蒲を見に行かないか、と。向島より北に堀切村《ほりきりむら》というところがあって、そこの花菖蒲が有名なんだ。俺も聞いたことはあるが、行ったことはなくてな」

理世は振り向かずに答えた。

「兄さまと二人ではなくて、本当にわたしと杢之丞さまも行っていいの？」

「ああ。ぜひ案内したいと言っていた。おれんさんのお気に入りの場所らしいんだ。紫色の花が好きで、中でも花菖蒲はいっとう好きなんだとか。おりよ、来てくれるか？」

おそるおそるといった体《てい》で訊いてくる将太に、理世はぱっと振り向いて明るい顔をし、はしゃいだ声音をつくってみせた。

「行きたい！　花が好きなおれんさんのお気に入りの場所だなんて、楽しみだわ！」

将太は、ほっと頬を緩めた。

「よかった。実は、堀切村はここから少し離れているし、朝から行って、ゆっくり昼餉を食べて帰ってこようという話になっているんだ。一日じゅうとなると、俺ひとりでは荷が勝ちすぎる」

「兄上さまったら、どうしてそんなに弱腰なんです？　誰かに好いてもらうのは、幸せなことではないかしら。兄上さまにはほかに縁談があるわけでもないし、よいご縁だと思うけれど」

「……そんなふうに、おりよは思うのか？」

歯切れの悪い将太の背中を押してやるつもりで、理世は言った。

「もちろんです。どうしたの？　お正月のこと、まだ引きずっているの？」

将太はうなずいた。

「情けないと思うだろう？　でも、怖くてたまらないんだ。俺の考えが足りないばかりに、また誰かを、おれんさんを、傷つけることになるんじゃないか。想いを向けられても、うまく受け取ることができず、何もかも駄目にしてしまうだけかもしれない」

将太は、もどかしいほどに臆病だ。幼い頃、暴れる自分を抑えていられず、人を傷つけたりものを壊したりして家族に失望されてしまったことが、将太の心に影を落とし続けている。

その心を支えてくれる人が現れればよい、と母は言った。おれんにそんなことができるのだろうか？ おれんがその役を担ってくれるのだろうか？

理世は頭を振って、湧き起こってくる疑念を払いのけた。

「将太兄上さま。人を傷つけずに生きていくなんて、そもそもできないことです。よかれと思って選んだおこないだって、何かのすれ違いが起こって、相手を傷つけることもあります。ですから、閉じこもるのはもうおやめなさい」

「おりよ……」

「何もしなくても傷つけるかもしれない。何かをしたら傷つけるかもしれない。道の先に何があるのかは、進んでみて初めてわかることでしょう？ だったら、将太兄上さまはきっと、閉じこもって何もしないより、進んだほうがいい」

背中を押す、どころではない。思い切り蹴飛ばすくらいのつもりで、理世は言った。

将太は少しの間、黙っていた。それから、苦しそうに微笑んだ。

「おりよがそう言うなら、気の持ちようを変えていこう。そう努めてみる。相談に乗ってくれて、ありがとう」

理世は笑って、胸の痛みをごまかした。

ちょうど屋敷のまわりを一周した。あたりはすっかり暗くなっていた。

堀切村は、江戸の町を出て北東へ行ったところの、綾瀬川の東岸にある。本所《ほんじょ》亀沢町《かめざわちょう》の大平家から歩いていけば、道のりは二里近くになるだろう。

おれんは日本橋から舟で行くというので、将太と理世も両国橋のたもとから乗せてもらうことにした。芦名屋の奉公人は、手代の新吉を始め四人もいて、理世と将太の世話もしてくれるという。

初めの約束より二日遅れで出掛けることとなった。早くも梅雨《つゆ》入りしたかのような雨に見舞われたためだ。

二日も余計にあったせいで、そのぶん着物に頭を悩ませる時が増えてしまった。結局、初めに思いついたとおり、深い緑色の単衣《ひとえ》に、紫と白の帯を合わせることにした。花菖蒲の咲く景色に溶け込む色合わせだ。

おれんと着物が似通ってしまうことはあるまい、という安心はある。おれんが色のついた着物をまとっているのを、理世は見たことがない。

案の定、舟に乗って現れたおれんは、今日も真っ白な単衣だった。帯まで白い。むらも黄ばみもなく、ただ真っ白な生地は、やはり上質なものに相違ない。髪にも顔にも白い絹布《けんぷ》を巻きつけて肌を隠しているのも相変わらずだ。まだ傷が治らないのだろうか。

舟に乗り込んだ将太に、おれんは微笑みかけた。

「今日は晴れてよかったわ。いつまで経っても出掛けられないかと思った。昨日と一昨日はいらいらして、何も手につかなかった」

それから、おれんは理世にちらりと目を向けた。理世は機を逃さず、急いで口を挟んだ。

「お招きありがとうございます。わたしまでご一緒させてもらえて、とても嬉しいです。いつも兄によくしてくださってありがとう」

李之丞は別個で行くという知らせが来た。なぜだか兄もついていくと言って聞かないのだがよいだろうか、先方が駄目だと言うなら帰ってもらう、とのことだ。

それを告げると、おれんは機嫌よく了承した。

「かまわないわ。だって、皆で桜を見に行ったのが楽しかった、と将さんから幾度も聞かされたから。そんなに楽しいんなら、あたしも仲間外れは嫌だもの」

ちくりと棘《とげ》で刺すようなことを言う。

「仲間外れにするつもりなんてなかったんです。次のときは、おれんさんにも声を掛けるわ」

「ありがと。楽しみにしてる」

おれんは赤い唇をきれいな弓なりの形にした。

顔を隠した絹布の隙間から、紅を差した目元と唇だけがのぞく。かえってそこに目を惹かれてしまう。

色白な上に白装束をまとっているので、日の光を弾いてまぶしい。

若い船頭が理世を見たりおれんを見たり、せわしなくまなざしを行き来させている。おれんも気づいているだろうが、つんとしている。理世と目が合うと、船頭はぺこぺこと頭を下げた。

「すんません。その……」

純朴そうな男だ。新吉が取り成すように言った。

「いずれあやめか杜若《かきつばた》、つい気になるのもわかりますよ」

どれも素晴らしく優劣がつけがたいことのたとえだ。あやめと杜若はよく似ていて、どちらも美しいが、見分けがつきにくい。

おれんが突き放すように言った。

「あやめは乾いたところに、杜若は水辺に咲くものよ。筋模様のあるあやめと違って、杜若の花びらはつるりとしている。そして、今日これから見に行くのは花菖蒲。一緒くたにしないでちょうだい」

船頭はまた「すんません」と頭を下げ、肩を落とした。

将太は、どこか沈んだまなざしを岸辺の景色へ向けている。おれんが将太の近くに座りたがるので、理世は離れたところから将太の横顔を見ていた。

おれんが連れてきた芦名屋の女中は四十絡みとおぼしき年頃だ。一人は新吉の母だという。しっかり者の女たちであるはずだが、しきりに将太のほうを気にしている。

すでに顔見知りになった将太を心配している、だけではあるまい。

つい目を奪われてしまうのだ。たまさか人気の役者でも見かけたら、さほど贔屓ではなくとも、その端整さに目を吸い寄せられてしまうだろう。女中たちが将太に向けるのは、そんなまなざしだ。

だって、兄さまは美しい。

雄々《おお》しい美しさだ。

皮肉なもので、悩みを抱えて押し黙っていればこそ、将太がより色男に見えてしまう。生き生きと動き回っているときは少年のように潑溂《はつらつ》として、類《たぐい》まれな美形であることを皆の目から忘れさせるのに。

堀切村の界隈まで来ると、江戸の喧騒ははるかに遠い。

田畑の広がるのどかな景色のそこここに、紫と白の花が群生している。有名な菖蒲園がいくつもあるそうだ。

菖聖苑《しょうせいえん》という、見事な庭園を持つ料理茶屋が目的の場所だった。茶屋そのものはこぢんまりとしているのだが、菖蒲を眺めながら食事が楽しめるよう、庭に広いあずまやが建てられている。

杢之丞と才右衛門は、すでに菖聖苑の表に着いていた。二人揃って空色鼠《そらいろねず》の着物をまとっているのが涼やかだ。

才右衛門がおどけたことを言ったようで、杢之丞が噴き出して、才右衛門の肩をちょっと小突いた。顔を見合わせて笑い合う。

と、才右衛門が理世たちに気づいた。こちらを指し示す。それで杢之丞も気づいて、たちまち張り詰めた面持ちになった。理世たちが合流するまでしばらくあったのに、ずっと畏まったままだった。

理世はおかしく感じて、少し笑った。

「杢之丞さまったら、そんなに堅苦しいお顔をなさらないでください。まだ慣れていただけないんですか？」

「め、面目ありません。こたびこそは理世どのともっと打ち解けて話をしたいと思っていたら、そのぶん力が入ってしまって……」

「弟はまじめすぎるよねえ。理世さんは、今日もきれいだね。花のようだ」

「ありがとうございます。才右衛門さまもお変わりないようで。今日は由良さんはご一緒ではないのですね」

杢之丞が眉間に皺を寄せた。才右衛門も一瞬笑みを消したが、何事もなかったかのように、へらっと口元を緩めた。

「今日は誘わなかったんだ。あの子は近頃、何だか様子がおかしくてね。人ってのは、どうしてこう、どんどん変わっていっちゃうんだろうねえ」

理世は怪訝に感じたが、今は由良のことより、おれんの紹介である。

「こちらが芦名屋のおれんさんです。兄の将太がいつも親しくしてもらっているんですよ。おれんさん、こちらが諸星さまのご兄弟、杢之丞さまと才右衛門さまです」

もう一言二言、諸星家の兄弟について、おれんに教えたほうがいいのだろうか。弟の杢之丞のほうが嫡男で、わたしとの縁組が相談されているところだ、とか。

だが、おれんは興味もなさそうに短いあいさつをしただけだ。杢之丞も手短に応じた。おれんの目が才右衛門の顔を注視する。

「そっちの人、顔だけは知ってるわ。本当に武士だったのね」

「武士に扮《ふん》した役者だとでも思ってたのかい？」

「そうね。まともな旗本の若君だとは思ってなかったわ。花の名所で、必ず女連れで見かけるんですもの。しかも、女をとっかえひっかえでしょう？」

「私のほうから別れを切り出すことはめったにないんだがね。来る者拒まず、去る者追わずというのが信条なんだ。私もあなたのことを見かけて、気になっていたよ。晒《さらし》をほどいて美しい顔を見せてほしいと思っていた」

とろけるように微笑む才右衛門に、おれんははっきりと不快そうな顔をした。

「は？」

どすの利いた一声。

理世はぎょっとした。いや、軽々しく口説いてくる態度が不快なのはわかるが、刀を帯びた男を相手に、何と不遜《ふそん》な態度をとるのか。将太も顔を引きつらせたし、李之丞も目を見張った。

だが、才右衛門は何でもない様子で笑っている。

「おやおや、美人が怒った顔をすると怖いよ。今日はどうぞよろしく。仲良くしようね、おれんさん」

場の流れを読んだ新吉が、そろそろ中へ、と皆に声を掛けた。菖聖苑の女将《おかみ》らしき女も出てきて、ようこそお越しくださいました、と頭を下げる。

才右衛門が将太に話しかけながら、さっさと前へ進んだ。李之丞も理世を気にしながら、兄とともに行く。

「ねえ、理世さん」

理世も続こうとしたが、おれんに引き留められた。

「何でしょう？」

「菖蒲は、武家にとっては特別な花よね。武を尚《とう》ぶと書く尚武《しょうぶ》と同じ音だし、菖蒲の葉が刀の形に似ているから」

「ええ。菖蒲には邪気払いの力もあると言われますよね」

おれんが理世の肩に手をのせ、理世の耳元に顔を寄せてささやいた。

「勝ち負けの勝負にも通じる花よ。あたし、今日こそ勝負を決めるつもりだから。将さんに白黒はっきりしてもらうつもり。みんなで見ていてちょうだいね」

理世は答えられなかった。

くすっと可憐な笑い声を理世の耳元に残して、おれんは将太を追いかけていってしまった。

三

澄んだ水をたたえる池と、すっと伸びやかに立ち上がって咲く花菖蒲。よく晴れた空の紺碧《こんぺき》に、若々しい青葉が映える。

美しい景色の中にあって、なぜこうも気分が落ち着かないのか。

将太は、今日何度目だかわからないため息をついた。

あずまやには茶と菓子の支度が整っていた。まだ昼餉には早い。いつもなら、筆子たちの気晴らしのために、矢島家の庭に出てひと息入れている頃か。

「将さん」

おれんが将太の隣に腰掛ける。茶や菓子には目もくれない。おれんはめったに飲み食いしないのだ。出掛けた先では必ず何かが振る舞われるのに、気まぐれなまなざしは将太を見つめていたり、花からそらされなかったり。

心配になった将太が何度も重ねて勧めて、ようやくおれんは食事を口にする。理世のことも小柄で華奢だと思っていたが、おれんはさらに細い。ひょっとすると、理世より背の高いおれんのほうが、目方は軽いのかもしれない。

将さんの好みがふくよかな女だと言うなら、頑張って食べて太ってみるけれど？

試すように言われたことが、すでに三度。

そういうことではない。ただ、おれんの体を心配して、もう少し食べたらどうかと言っているだけだ。

花冷えと呼べるような寒さは、今年の春はあまり感じられなかった。少なくとも、おれんと出掛けるようになってからは、汗ばむほどに暖かい。にもかかわらず、おれんがそっと触れてくるたび、その手の冷たさに驚かされるのだ。

「ねえ、将さん」

「何だ？」

「理世さんのことを見てるの？」

違う。おれんのほうを向いていないだけで、理世を見つめていたわけではない。理世がそばにいれば、勝手にまなざしがそちらに向かってしまうが、今日はあえて理世を見ないよう気をつけている。助言のとおりおれんと向き合おうとしているところを、理世に示さなければならないから。

「あちらの皆の様子を見ているんだよ。李之丞さんと才右衛門さんの兄弟仲がよいみたいで、うらやましいと思ってな。理世もだんだん打ち解けて、あの二人の前でよく笑うようになった」

才右衛門が「余興が必要だよ」などと言いだし、李之丞の腕をつかんであずまやから連れ出したところだ。李之丞は少し慌てている。理世は、何が始まるのかと目をぱちぱちさせてついていった。

「李之丞さまは余興がおできになるの？」

「やあ、この朴念仁《ぼくねんじん》な弟ときたら、理世さんにも教えていなかったのか。あのね、理世さん。李之丞はお堅いばかりに見えるかもしれないけれど、実はなかなかの舞い手なんだよ」

「舞、ですか？」

「猿楽《さるがく》の舞だ。幼い頃からまじめに稽古をしていたからね、杢之丞の牛若丸《うしわかまる》は評判がよかったんだよ。私は、謡《うたい》のほうはともかく、舞は今ひとつでね。もちろん、人並みにはできるけれど、杢之丞と比べるとねえ」

「まあ。杢之丞さまにそんな特技があっただなんて」

「理世さんは、猿楽の舞や謡も好きかい？」

「いえ、実はあまり馴染みがなくて」

「そうだと思った。そうだと思った。猿楽は武家のたしなみとされる一方、商家の生まれ育ちであれば、あまり目にすることもなかっただろう」

「でも、だからこそ、知りたいと思っているのです。猿楽というものは、わたしが知る舞や唄とはまるで違っていて、尚武の趣《おもむき》を持っているのですよね。幼い頃から稽古をしておられたなんて、素晴らしいです」

理世に期待されて、杢之丞は恥ずかしそうに目を泳がせている。

才右衛門は機嫌よく杢之丞の肩を叩いた。

「久しぶりにひと差し、舞ってごらんよ。稽古は続けているんだろう？」

「もちろん続けていますが、剣術のように毎日というわけではなく、おさらいもなしでできる曲は……」

「昔、私たちが得意だった『小袖曽我《こそでそが》』ならどうだ？　話の筋も難しくない。理世さん、曽我兄弟は知っているだろう？　幼い頃に父を殺され、その敵を討つために生き、命を散らした兄弟の物語だ」

「はい、お芝居でも観ました。『小袖曽我』というのは、どの場面ですか？」

「曽我兄弟がついに仇討ちに向かうべく、母上に別れを告げに行く場面だ。兄の十郎《じゅうろう》は母のもとで育ったけれど、弟の五郎《ごろう》は箱根権現《ごんげん》に預けられていた。十郎は、ともに仇討ちを成すために五郎を箱根から連れ出し、元服させた」

「でも、そのことを母上さまに知られて、怒らせてしまって、五郎は勘当されてしまうのですよね。兄弟と母上さまとの別れの場面といえば、兄弟の必死の訴えによって母上さまが五郎を赦し、ようやく語り合うことのかなう場面だわ」

李之丞は、理世をまぶしそうに見やった。

「お詳しいのですね。曽我ものはお好きですか？」

「嫌いではありませんよ。実はわたし、お芝居を観に行くと、どうしても敵役に見入ってしまうんです。曽我ものなら工藤祐経《くどうすけつね》。でも、お二人の曽我兄弟は、遠

く の舞台の上にいる工藤祐経よりずっと迫力がありそうです。ねえ、皆さん」

理世が呼びかけたのは、芦名屋の女中たちだ。新吉も、おれんのほうをちらちら気にしながら、諸星兄弟の猿楽の話に惹かれている様子である。

李之丞が観念したように大きな息をついた。周囲を見回して、足場のしっかりとしたあたりへ進み出る。帯に差していた扇《おうぎ》を、ぱっと開く。目で兄に合図を送った。

才右衛門が謡を、李之丞が舞をなす。

大きく息を吸った才右衛門は、日頃のへらへらした様子はどこへやら、太く力強い声で、十郎から母への切々とした訴えを謡い上げていく。

李之丞は謡に合わせ、しなやかに動きだす。いや、李之丞自身が謡っているかのように、声による訴えと舞の仕草がぴたりと重なっている。

理世も芦名屋の女中たちも新吉も、菖聖苑の女中たちまでも、李之丞の舞に見入っている。

将太もそうしていたかった。

「ね、将さん。こっち」

おれんに手を引かれた。将太は立ち上がり、おれんに従って歩きだした。

あずまやから離れ、花菖蒲の間に渡された小橋を渡り、山を模して配された岩を迂回《うかい》し、満開を過ぎたつつじの生け垣を横目に、さらに進む。

青葉を茂らせる桜の木の下に導かれ、そこで足を止めた。

才右衛門の謡う声が聞こえてくる。鳥の声がそこに重なる。キョッキョッキョッ、という、せわしなく大きな声は、夏に鳴く鳥のはずだ。遊山客の浮かれ声が、遠くから途切れ途切れに響いてくる。

二人きり、と言ってよい場だ。新吉も女中たちも追ってきていない。こちらの様子も、向こうから見えないだろう。

「将さんは意地悪ね。冷たいわ。あたしのことを目に入れたくもないんじゃないの？」

いきなりぶつけられた言葉に、びくりとしておれんに向き直る。

「ほらね、そうでも言わなけりゃ、あたしのほうをちゃんと見てもくれないもの」

「すまない」

「あたしのことが嫌い？　苦手？　鬱陶《うっとう》しい？　素直に言ってくれていいのよ。将さんがあたしに恋なんてしてないことくらい、あたしにもわかるもの」

将太は唇を噛んだ。

恋、と言われて頭に思い浮かぶ人は、確かにおれんではない。

だが、これを恋と呼ぶならば、心を殺してあきらめねばならない。初めて恋を知ったとき、一晩かけてその想いに封をした。二度と解いてはならない封印だ。

将太は声を絞り出した。

「おれんさんのことは、嫌いではない。苦手だとも鬱陶しいとも思わない」

「本当に？」

「俺は、自分自身以上に嫌いで苦手で鬱陶しい相手を知らない。俺は、恋というものも、知らない。わからない」

声がかすれた。後ろ半分は、嘘だ。

将太は生まれつき体が大きく、声もまた大きい。内緒話があまりに下手で、隠し事ができないとも言われてきた。

だというのに、嘘をつく声はかすれていた。大声で自分に言い聞かせたいのに、ささやくことしかできなかった。

そのささやきでも聞こえるほど近くに、おれんはいた。

「だったら、それでもいい。想いがなくたっていいよ。色恋がわからなくたっていいから、将さん、あなたをあたしにちょうだい。あたし、寒くてたまらないの。ほかの誰かじゃなく、将さんにあっためてもらいたいんだ」

差し出されたおれんの手を、将太は拒まなかった。

背伸びをして将太の頬に触れた手は、この陽気の中でもひんやりしている。

「なぜ俺なんだ？」

「わかんない。優しいからかしら？　一生懸命だからかしら？　あたしが死んだら泣いてくれそうだからかしら？　理由はわかんない。でも、好きなの。惚れちゃったの。将さんのことがほしいの」

白い絹布によって半ば隠された顔の中で、将太をひたと見据える双眸《そうぼう》と、きっぱりとした言葉を吐き出す唇だけが、鮮やかだった。

将太の頬に触れるおれんの、まっすぐに差し伸べられた白い腕には、治りきらない真っ赤な傷痕が無数に走っている。

気づいたときには、口走っていた。

「この傷がすべて治るまでだ」

「何のこと？」

「傷がすべて治りきったときに、答えを出させてくれ。俺のこんな身をおれんさんにくれてやるのが本当に正しいのかどうか、どんなに考えても、今は答えが出ないんだ」

おれんの目が潤《うる》んだ。ただの涙ではなく、怒りか憎しみか、そんな激情によって潤んでいるように見えた。

「はぐらかそうっていうの？」

「違う」

「じゃあ、何なのよ？　なぜそんなあいまいなことを言うの？　ずっとこの傷を治さないまま、将さんを縛り続けることだってできるのよ」

「そんなのは駄目だ。おれんさんは、己の身を傷つけちゃいけない」

「だったら、将さんが見張ってて。あたしがこれ以上、傷を増やさないように。うっかり死んじゃったりしないように。できないって言うんなら、あたし、今すぐこの木で首を括《くく》ったっていい。顔の布をほどいて、そのまま首を括るくらい、あたしには簡単だもの」

恐ろしい言葉が次々とおれんの口から飛び出してくる。

将太は、頰に触れるおれんの手をそっと己の手で包んだ。もう一方の手も、壊してしまわないように、そっとつかんだ。おれんの両手を、ゆっくりと包み込んでみた。

「おれんさんのこの傷が治る頃に、あなたのことが好きだと言えるようになれたらいいな。そうしたら、きっと、おれんさんの傷はもう増えないだろう。俺があなたを救えるよう、努めてみる。だから、そばにいていいだろうか？」

一言ずつ、胸にずしりと重みを感じながら、将太は告げた。

おれんが微笑んだ。

「どうかあたしのそばにいて」

将太はうなずいた。

もうこれ以上、嘘はつきたくなかった。おれんと恋に落ちることができれば、さっきついてしまった、恋を知らないという嘘は帳消しになるだろう。おれんも自分を傷つけずに生きていけるだろう。

風に吹かれた桜の花が散り、すぐに青葉の季節が訪れるように、人の心もすっぱりと変わっていけたらよいのに。

おりよ、今日もまた、俺は日記を書けそうにない。

将太が胸の内につぶやいたときだった。

高らかに張り上げられた女の声が聞こえてきた。

「こんな女、諸星さまにふさわしくないと申しているのです！」

才右衛門の謡がいつの間にか止んでいた。女中たちの声だろうか、ざわめきが聞こえる。

おれんが怪訝そうに顔をしかめた。

「何事なの？」

将太は、ぱっとおれんの手を放した。

理世の身に何かあったのか？　そう頭にひらめいた途端、理世のいるほうへ駆けだした。

四

謡はまだ途中だった。

だが、突然割り込んできた娘に腕を引っ張られて、才右衛門は声を途切れさせた。

「才右衛門さま、帰りましょう！　こんな女と関わってはいけません。李之丞さまもです。この女はいやしい生まれのくせに、素性《すじょう》を隠して諸星家に近づいているんですよ！　お家を乗っ取ろうとでも企《くわだ》てているんだわ！」

由良は、こんな女、と吐き捨てるように言って理世を指差した。

いきなりの出来事に、理世はわけがわからなかった。詰《なじ》られている。だが、なぜそんな言葉をぶつけられるのか。

「いやしい生まれ？」

理世は武家の生まれではない。商家の娘で、母は妾《めかけ》だ。確かに高貴な生まれではないが、家は大店だった。それも、日の本屈指の裕福な町、長崎の大店である。

いや、それとも、金銭を勘定に入れた上で「実家はちゃんとした店だ」などと言う心根がいやしいということだろうか？　武家においては、金勘定はあまり品のよいものとはみなされない。

才右衛門は由良の肩を優しく叩いて、顔をのぞき込んだ。

「急にどうしたんだい？　わざわざ私を追いかけて、堀切村までやって来たの？」

「才右衛門さまを一刻も早くこの女から引き離してあげたいと思ったんです。こんな女が才右衛門さまの許婚になろうとしていただなんて、思い描くだけでも気分が悪い。汚らわしゅうございます！」

理世もさすがに、かちんときた。

「なぜそんな言い方をするのです？」

「言いがかりだとおっしゃるのかしら？　思い上がらないでいただけます？　あなたみたいな人は、才右衛門さまと口を利くにも値しない。諸星さまのお屋敷の敷居をまたげるなんて、お思いにならないでちょうだいな」

才右衛門が由良をなだめようとする。

「待っておくれ。話の筋が読めないよ。かわいい理世さんが何をしたというの？」

「かわいいですって？」

「美人でもあり、かわいくもあり、潑溂《はつらつ》として賢くて、とてもいい女だよ。由良はそう思わない？」

「思うわけがありません。でも、この女が殿方を籠絡《ろうらく》する手練手管《てれんてくだ》に長《た》けているのも道理です。やっぱり母親から教わったのかしら」

由良は凄まじい横目で睨みつけてくる。

理世も負けるつもりはない。

「母を悪く言わないで」

李之丞が戸惑いがちに口を挟む。

「由良どの、諸星家に関わることで何かおっしゃりたいのであれば、我が両親と話せるよう、席を設けますが……」

嚙みつくように、由良が応じた。

「ええ、設けていただきますとも！　ですが、まずは才右衛門さまと杢之丞さま、ひいてはこちらの皆さまにもお聞きいただきとうございます。わたくし、間違っておりませんもの！」

杢之丞が眉をひそめた。つかみどころのない才右衛門でさえも、困惑顔で口をつぐんだ。

理世は胸の前でぎゅっと手を握った。

兄さま、と呼びたいのを、唇を嚙んでこらえる。将太はおれんと一緒に姿を消した。新吉も芦名屋の女中も、誰も引き留めなかった。

つまりはそういうことだ。将太とおれんの仲は皆に認められている、ということ。

ただの義妹に過ぎない理世が、おれんを差し置いて将太を頼ったりなどしてはいけない。

由良は、皆が口を閉ざしたのをぐるりと見やって、高らかな声で言い渡した。

「この大平理世という女は、今でこそ武家の大平家に取り入って養女となっておりますが、もとはと言えば商家の妾の子。しかも、母は遊女というではありませんか。何ていやしいこと！　ですから、こんな女、諸星さまにふさわしくないと申しているのです！」

理世は首をかしげた。

「母が遊女だったら、何だというんです？」

「お認めになるのね？」

「ええ、それは、本当のことですもの」

ざわっ、と、周囲の気配が揺れた。話を聞いていた女中たちが、ついうっかり、といった具合に小声で何か言った。それが何とも不穏な冷たさを帯びていたのだ。

理世はまなざしを巡らせた。

目をそらされた。例外は、切れ上がったような目を真ん丸に見開いた新吉と、痛ましそうに眉をひそめた杢之丞と、困り果てた様子で眉尻を下げた才右衛門だった。

理世は、そのとき初めて気がついた。

「妾の子であるというより、遊女の血を引いていることのほうが、江戸では蔑まれるの……？」

由良は、顔じゅうに歪んだ笑みを浮かべた。

「何を当たり前のことをおっしゃっているのかしら？　吉原《よしわら》をご存じありませんのね。絢爛《けんらん》豪華なのはうわべだけ。病のはびこる苦界ですよ。生きて年季明けを迎える遊女などめったにいないというから、あなたの母親はずいぶん悪運が強かったのね」

理世はかぶりを振った。

「な、長崎の丸山《まるやま》は、そげんところではなか。遊女の務めは……」

「遊女の務めなんて、あまたの見知らぬ男の腕に抱かれること、でございましょう？　あなたの父親も一体誰なのかわからないのではありませんこと？　そんな素性の知れない女が、厚かましくも才右衛門さまの許婚になろうとしていただなんて、信じられないわ！」

理世は、血の気が引いているのがわかった。

長崎では、遊女というのは、それほど蔑まれるものではなかった。遊女屋を営む「忘八《ぼうはち》」はやはり、若いおなごに過酷な仕事をさせる人でなしと後ろ指を差されていたが、遊女そのものは町ぐるみで守られていた。

平地のほどんどない港町の長崎には、埋め立てて築いた土地も多く、田畑が作れない。戦国の世の終わり頃にようやく築かれた新しい町だから、伝承されてきた工芸もない。

長崎が産するのは、人だ。世界に開けた海を見据え、先々を見通す目を持つ人が、長崎には育つ。

そうした人は、男であれば商人となり、あるいは通詞《つうじ》や学者や役人となり、知と富を築いていく。

女であれば遊女となり、日の本各地から訪れる上級武家や野心ある商人、出島《でじま》のオランダ人や唐人屋敷《とうじんやしき》の清国人《しんこくじん》などを相手に、巧みな話術で接し、時として商売の入れ知恵をし、またあるときは本気の恋に落ちる。

理世は大店のお嬢さんであったから、家計を助けるために遊女奉公に上がる必要はなかった。でも、幾人かの友達は、十二かそこらになると、遊女屋に居を移した。遊女屋が娘たちに手習いを授け、おまんまを食べさせて育て、十五の年から十年ほど遊女として働かせる。

遊女の多くは、ちゃんと年季明けを迎える。年季の途中で子を孕《はら》めば、実家に帰って子を産むものだ。病にかかれば、やはり実家で療養することが認められる。

しかし、きっと江戸では違うのだ。

「また、うちは、間違えたと……？」

江戸の武家の娘にならねばならないのに、ふさわしくない振る舞いをしてしまった。恥ずべきこと、忌むべきことを、正しく避けることができなかった。

由良が勝ち誇ったように、理世に人差し指を向けて嘲笑《あざわら》う。

「化けの皮を剝がされて、意気消沈《いきしょうちん》しているようね。お生憎《あいにく》さまです。隠したって無駄ですわ。わたくし、あなたが才右衛門さまに近づくことが許せないのです。下賤《げせん》な血を引く女狐め！　今すぐ失《う》せなさい！」

ふと。

暖かな突風が吹いたかのようだった。

「あ……」

呼びたくても呼べなかった人が、来てくれた。将太が駆けつけてきたのだ。

将太は、理世に一つうなずいてみせた。大丈夫だ、というふうに。そして由良を見据え、はっきりと告げた。

「血に下賤や高貴があろうが、俺の知ったことではない！　おりよは、おりよだ！　母上が遊女だった、それがどうした！　その母上から教わった月琴《げっきん》も唄も舞も、実に見事なんだぞ。掃除や料理ができるのも、その母上のおかげなんだ。おりよを、おりよの母上を、悪く言うな！」

理世は、ああ、と息をついた。

熱い。息が熱い。高鳴る胸がひどく熱いせいだ。

「兄さま……！」

か細い声しか出なかった。

生まれを丸ごと否定され、この場に立っていることさえ許されないように感じていた。それがどれほど心細いことであったか、将太が駆けつけてくれて初めて気がついた。

怒号のような将太の訴えに、由良は顔をしかめた。

「お黙り！　たかが御家人の厄介者《やっかいもの》が……」

続けようとした言葉は、才右衛門が由良の口を手でふさいだので、声にならなかった。才右衛門は、悲しそうに目を伏せた。

「教えてもらうまでもなく、理世さんの出自については知っていたよ。もともと私にとっては縁組の相手となる人だったのだから。両親も私も一連のことを知った上で、縁談を進めて問題ないとした。だって、長崎の家の事情なんて、この江戸で誰が詮索するだろう？　誰があなたにこのことを吹き込んだのかな？」

由良が目を剝いた。

将太は一歩前に出て、腕を横に伸ばした。逆上した由良が飛びかかってきても、将太の長い腕、大きな体が、必ず阻《はば》んでくれるはずだ。

「初めの縁談については、俺はよく知らない。でも、やり手の伯母がまとめた縁談だ。嘘偽りも隠し事もなかったに違いない。我が大平家も、諸星さまも、ほかの誰でもないこのおりよのことが大切なんだ」

李之丞がうなずいた。

「将太どののおっしゃるとおりです。こたび、我が諸星家がもう一度縁談を調えていただきたいと無理を申しておるのは、江戸に出てこられてからの理世どののことを知るにつれ、得がたい人だとわかったため。理世どのが理世どのであればこその申し出なのです」

理世は、足がふらついた。血の気の引いていた顔は、今や火照っている。守ってくれる将太の背中を心強く、頼もしく感じているのに、体が震えてしまう。立っているのがやっとだ。

兄さま、兄さま。

こっちを向いて、大丈夫だと励まして。

由良が才右衛門の手を振りほどき、なおも声を上げた。

「どうしてあの女を庇うのです？　あの女のせいで、才右衛門さまは嫡男の地位を取り上げられてしまったのでしょう？」

「それは勘違いだよ、由良。あまりに女好きな私が嫡男にふさわしくない、というだけだ。理世さんは何も悪くない」

「たぶらかされないでくださいまし！　いずれにしてもあんな女は諸星さまの家風にそぐわないと申しているのです。人聞きの悪い噂が広まったら、諸星さまの評判はどうなりましょう？　そうなってしまう前に縁談を再び反故にし、あの女を追い払ってください！」

「理世さんとの縁組を勝手に反故にしては、杢之丞は納得しないんじゃないかな。杢之丞は理世さんとの縁組を前向きに進めようと考えて、奥手なりに頑張っている」

「であれば、杢之丞さまこそご嫡男にはふさわしくありませんわ。下賤な女などに目がくらんで、何が正しいのかを見失っておいでなのですから！」

由良がそこまで言ったとき、才右衛門の表情が変わった。困ったような、悲しそうな顔ばかりしていたが、そこに怒りが混じったのだ。

「あなたも結局、私を丸ごと認めてはくれないのだね。おなごというのは不思議だ。私がどれほど惚れっぽく移り気な態度でいても、私を本気で憎もうとも殺そうともしない。私のまなざしの先にいる別のおなごを痛めつけ始める。そんな争いが起こった末に、私は幾人のおなごと別れてきただろう?」

才右衛門は、己の腕にしがみついた由良の手をつかんだ。痛みを感じたようで、由良が顔を歪めた。才右衛門は由良の手を放し、とんと肩を突いた。そして、きっぱりと告げた。

「来る者拒まず、去る者追わずというのが私の信条でも、好きでないことが一つ、赦せないことが一つある。好きでないのは、私の惚れたおなごが、また別の、私の大事なおなごを傷つけること。赦せないのは、私の弟、杢之丞の顔に泥を塗ること」

「さ、才右衛門さま……」

「私のせいでおなご同士が憎み合ってしまうのは、私の不徳のいたすところだ。私は地獄に落ちるだろうね。でも、杢之丞は違うんだよ。旗本の嫡男の役割が務まらない私に代わって、家門の行く末を背負ってくれる殊勝《しゅしょう》な弟だ。杢之丞を傷つける者は、誰であっても赦せない」

「ま、待って、お待ちください。わたくし、才右衛門さまのためを思って……」

「理世さんの出自が下賤であるなどと、誰にそんな噂を吹き込まれたのか。大方、諸星家か大平家を妬む家の手の者だろうけれど、あなたはその噂を人前で明らかにし、さらには杢之丞を詰《なじ》った。百年の恋も一時に冷めるというものだよ。由良、夫婦約束は、なかったことにしてくれ」

才右衛門は、歌うように美しい声で、静かに言い放った。

由良はへたり込んだ。

あたりは静まり返った。どこか遠くの人々の声、鳥の鳴き声が、沈黙をかえって引き立てる。

杢之丞が最初に動いた。

「理世どの！」

切羽《せっぱ》詰まった顔をして、駆け寄ってくる。

そのまま抱きしめられるかと思ったが、違った。杢之丞は理世の前にひざまずくと、間近に理世を見上げた。

「我が諸星家の内々の問題に理世どのを巻き込んで、ひどい言葉を人前でぶつけられる目に遭わせてしまい、誠に申し訳ありません。お詫びのしようもない……いや、何としても、お詫びをさせていただきたい」

理世はただ、うなずいた。

将太が振り向いた。

「おりよ」

名を呼んでくれただけ。

それだけで、自分の気持ちを理解するには十分だった。その目が理世を見つめ、その声が名を呼んでくれるだけで、こんなにも胸が熱くなるのだ。

兄さまのことが、好きだ。

家族として、兄として慕うのではなく、一人の男としてみなし、恋心を抱いてしまっている。

いつから？

わからない。でも、いけないことだ。血がつながらないとはいえ、兄と妹の間でこんな想いを抱くなど、あってはならないことだ。

理世は固く手を握りしめた。将太のところへ駆けていってすがりつきたい衝動を、手の中に握り潰す。

ぱっと、白いものがひらめいた。

「将さん！　もう、急に走りだすんだから！」

息を切らしたおれんが、将太の腕に抱きついた。将太はおれんを見下ろして、
不器用そうに、けれども優しく笑ってみせた。

「すまない。妹の身が危ういと思うと、じっとしていられなかった」

妹、と将太は言った。

もうわたしの名前を呼んではくれない。兄さまがいちばんに守らないといけな
いのは、おれんさんだから。

「ふぅん。将さんは、あたしより妹のことが大事なのね？」

「いや、それは……比べるのは難しい。でも、さっきは、おれんさんは安全だと
わかっていたから、それで……」

「言い訳は聞きたくない」

「す、すまない。あなたを蔑《ないがし》ろにはしないつもりだ」

おれんにキッと睨まれ、理世は将太から目をそらした。

まなざしの先にはちょうど李之丞がいて、気遣わしげな顔で理世を見つめてい

る。

理世が誰の手を取るべきなのか、わかりきったことだ。今、理世がおれんに敵意を抱いたりなどすれば、由良がしたことと同じになってしまう。兄さまの前で無様《ぶざま》な真似はしたくない。それがせめてもの矜持《きょうじ》というものだ。

理世は、握りしめていた手をほどき、杢之丞に差し伸べた。

「わたしは大丈夫ですから。お詫びなんて、お気になさらず。どうぞお立ちください」

杢之丞がそっと理世の手を握った。杢之丞の手は細かく震えていた。将太の手ほどは大きくない。だが、理世の手を包み込むには、きっと十分に大きな手だ。

立ち上がった杢之丞は、礼儀正しく理世の手を放した。

「不躾《ぶしつけ》なことをいたしました。お許しください。私が理世どののお手に触れるなど……」

由良が顔を覆って立ち去っていく。才右衛門は悲しそうにその背を見送っていたが、一つかぶりを振ると、芦名屋の四十絡みの女中に「愛らしいお姉さん」と声を掛けた。新吉が不機嫌そうに応じた。

「母に何の用ですか」

「おや、あなたのお母上かい。うらやましいなあ」

「何がうらやましいんです？」

「そりゃあ、年増になってもこんなに愛らしいお母上がいるだなんて、いいじゃないか」

女中たちが笑いだす。将太とおれんも小さく笑った。理世も、李之丞の目を見て笑ってみせた。新吉だけがむくれている。

早く帰りたい、と理世は思った。帰って、何も考えずに、ただ眠ってしまいたい。

雨が降ればいい。昨日と同じように、勢いよく降ってくればいい。でも、今、空の端にふわふわと引っかかっているあの雲では、ろくに日差しをさえぎることさえできそうにない。

キョッキョキョッキョッ、と鳥が鳴いている。さっきからあの鳥の名が思い出せずにいたが、雨を頭に思い浮かべた途端、ひらめいた。思い出したのだ。

ほととぎすだ。

夏を告げるほととぎすは、花菖蒲を表すあやめ草とともに、五月の梅雨の頃を詠む歌の中に出てくる。

ほととぎす　鳴くや五月の　あやめ草　あやめも知らぬ　恋もするかな

詠み人しらずの古い歌だ。ほととぎすの鳴き声は、恋い慕う心を表すという。

ここへ来る途中の舟でおれんが言っていたとおり、花菖蒲やあやめの花びらには綾目の筋模様がある。綾目も知らぬ恋とは、相手を想うあまり夢中になって、その筋模様さえ見分けられないほど目がくらんでしまっている、ということ。

紫と白の花菖蒲が初夏の風に揺れる。

「理世どの、少し疲れたのでは？　あちらで茶と菓子をいただきませんか？　きんつばがありましたよ。お好きと言っていたでしょう？」

杢之丞が理世を気遣ってくれる。優しい人だ。謙虚でまじめで、まわりへの心配りができる人。理世の好きなものをわかってくれて、歩み寄ってくれる人。兄弟仲がよく、しなやかで力強い舞をなす人。

このまま杢之丞との縁組がかなえば、行く末は平らかであるに違いない。あやめも知らぬ恋などと歌に詠むような嘆きも悲しみも、覚えずに済むだろう。

理世は杢之丞を見上げ、微笑んだ。

「ええ。まいりましょう」

将太に背を向ける。理世の歩調を慮《おもんぱか》ってくれる杢之丞の後ろについて、あずまやのほうへ歩いていく。菖聖苑の女中が理世と杢之丞のために、茶の支度に取りかかった。

どこかでまた、ほととぎすが鳴いている。

恋い慕う心を込めて、遠くまでも響く声で、鳴いている。

この作品は双葉文庫のために書き下ろされました。

双葉文庫

は-38-13

義妹《いもうと》にちょっかいは無用《むよう》にて❸

2024年4月13日　第1刷発行

【著者】
馳月基矢《はせつきもとや》
©Motoya Hasetsuki 2024
【発行者】
箕浦克史
【発行所】
株式会社双葉社
〒162-8540 東京都新宿区東五軒町3番28号
［電話］03-5261-4818（営業部）　03-5261-4833（編集部）
www.futabasha.co.jp（双葉社の書籍・コミックが買えます）
【印刷所】
中央精版印刷株式会社
【製本所】
中央精版印刷株式会社

【フォーマット・デザイン】
日下潤一

落丁・乱丁の場合は送料双葉社負担でお取り替えいたします。「製作部」宛にお送りください。ただし、古書店で購入したものについてはお取り替えできません。［電話］03-5261-4822（製作部）

定価はカバーに表示してあります。本書のコピー、スキャン、デジタル化等の無断複製・転載は著作権法上での例外を除き禁じられています。本書を代行業者等の第三者に依頼してスキャンやデジタル化することは、たとえ個人や家庭内での利用でも著作権法違反です。

ISBN978-4-575-67198-8 C0193
Printed in Japan